J. M. A. Biesheuvel

Reise durch mein Zimmer

Erzählungen

Aus dem Niederländischen
von Ulrich Faure
Mit Illustrationen
von Peter K. Kirchhof

Faber & Faber

Inhalt

Moped auf hoher See

Isaac stand schon seit Stunden auf dem Achterdeck. Er war ein netter, aber auch ein bisschen sonderbarer junger Mann: Arbeitete er an Bord, sehnte er sich nach einem Job an Land, saß er im Büro, zog es ihn aufs Meer. Er konnte die fade Eintönigkeit des Lebens an Land nicht ertragen, und Geld für Seereisen besaß er keins. Aber wenn er in seiner Eigenschaft als x-beliebiges Besatzungsmitglied auf einem Schiff war (Brillenträger, also immer Schiffsjunge, Ordonnanz oder Offizierslaufbursche, niemals Matrose, nicht zu reden von Steuermann, seinem großen Traum …), dann kriegte er die groben Aufschneidereien der Matrosen zu hören, die Karten kloppten und ein Messer auf dem Tisch hatten, während sie sich gegenseitig und Isaac für alles ausschimpften, was schön und hässlich war. Isaak gehörte nie wirklich dazu. Auf einem Schiff schickte er sich am allerschlechtesten in eine Gemeinschaft, noch weniger als im Hafen, bei der Getränkeabfüllung oder in einer Fabrik und im Büro, doch die Hoffnung, ausgerechnet auf einem Schiff echte Romantik zu erleben, hatte ihn nie verlassen. War die Arbeit getan, konnte man ihn stets auf dem Achterdeck finden. Es war nun schon zwei Stunden nach Mitternacht, aber Isaac rührte sich nicht vom Fleck, weil es eine mondhelle Nacht war; man konnte alle bekannten Sterne der südlichen Halbkugel erkennen und das bedrohlich weiß brausende Kielwasser hinter dem Schiff (wer stundenlang auf dem Achterdeck eines fahrenden Schiffes gestanden hat, weiß, dass Schiffe bei Nacht und Nebel, im Regen oder Dunst, im Polargebiet oder in den Tropen, in grauem, grünem oder hellblauem Wasser immer einen weißen Weg befahren, der vom Horizont geradewegs auf die Schiffsschraube zuläuft; ein Ertrinkender, der eine Viertelstunde später diesen Weg kreuzte, würde ihn nicht mehr finden).

Ein herrlich milder Wind wehte. Wenn man genau hinsah, erkannte man tatsächlich den Horizont oder, etwas näher, das Licht eines wegluvenden Schiffes, das, wäre Isaac nur eine Stunde früher da gewesen, direkt auf seine Richtung zugehalten hatte. Aber, wie sich zeigen sollte, die Sinneseindrücke können täuschen. Es gibt Philosophen, die behaupten, dass alles, was besteht, Einbildung ist, und auch das Gegenteil wäre nicht zu beweisen! Isaac fuhr auf einem Trampschiff und sah nachts nie Schiffe. Er dachte daran, wie lange es noch dauern würde, bis er wieder nach Hause käme. Er blickte auf die Winden, die Poller, die Trossen, die Reling und den bequemen Stuhl, den er sich aufs Achterdeck gestellt hatte. Irgendwann sah Isaac das Licht in der Ferne eine schroffe Wendung vollführen, es schien eine enge Kurve auf dem Wasser zu beschreiben, und dann hielt es geradewegs auf ihn zu. Als es immer näher herankam, war Isaac zu der Überzeugung gelangt, dass es keinesfalls ein Schiff darstellen oder sein konnte, weil es zu sehr den »Bewegungen der Wellen« gehorchte, vor allem aber, weil es die ganze Zeit bei diesem einen Licht blieb. Ein Schiff mit nur einem Hecklicht? Gefährlich. Als sich das merkwürdige Gefährt Isaac bis auf einen Abstand von zweihundert Faden genähert hatte, sah er, dass es ein Moped war. Zum ersten Mal in seinem Leben geschah etwas mit Isaac, das »mit Recht merkwürdig zu nennen« war. Was er jetzt erblickte, würde sich ein anderer selbst in seinen kühnsten Träumen nicht einfallen lassen. Zuerst war Isaac bänglich zumute, aber schließlich mochte er doch nicht glauben, dass ein neuer Prophet oder Messias sich dergestalt über die Erde fortbewegen würde. Obwohl die Christen behaupten, dass Jesus übers Wasser gegangen ist. Das Moped hatte sich Isaac nun auf etwa sechzehn Meter genähert. Isaac stand da und rief und winkte aus Leibeskräften, aber er vergaß in der ganzen Aufregung, die Strickleiter auszuwerfen. Der Fahrer des Mopeds musste ihn erst darauf aufmerksam machen. Der Fremde war, wie sein Zungenschlag verriet, ein Landsmann Isaacs. Er steuerte sein Moped auf eine ganz eigenartige Weise und äußerst vorsichtig zur Strickleiter, auf seinem Moped sitzend verhielt er sich gegenüber der glatten Schiffswand wie ein Boxer, der seinen Gegner im Ring noch kurz abtastet – leichtes Wackeln mit dem Oberkörper, trappelnd mit den Füßen und mal abwehrende, mal aggressive Bewegungen mit den Armen – und dann sprang er, hopp!, in einem Satz mitsamt dem Moped auf die Strickleiter. »Vorsicht, Vorsicht!«, rief er immer wieder. Der Mann trug eine Brille, die stark beschlagen war, und eine Mütze, deren Lederklappen, die Augen und Ohren vor dem Meerwasser schützen sollten, weit abstanden. Das Moped war ein ganz gewöhnliches Moped. Es besaß keine speziellen Vorrichtungen. Isaac half dem Mann dabei, das Moped auf dem Deck abzustellen. Der Mann sagte: »Gib mir was zu essen.« Isaac ging es holen. Er stellte fest, dass die Matrosen und die Steuermänner und die Maschinisten schon in den Kojen lagen. Als Isaac zurückkam, fragte er den Fremden: »Warum fahren Sie auf dem Wasser?« Der Mann behauptete, dass er einen Rekord aufstellen wollte.

»Wie kommt es, dass Sie auf dem Wasser fahren können?«, fragte Isaac verwundert. »Das ist eine Frage der Übung«, sagte der Mann, »ich habe damit angefangen, eine Nadel aufs Wasser zu legen. Wenn man das ganz vorsichtig tut, schwimmt sie. Im Laufe der Zeit habe ich immer schwerere Gegenstände genommen. Es ging mir natürlich um mein Moped, und ich habe meine ersten armseligen Runden auf dem Stadtteich gedreht. Jetzt fahre ich durch die ganze Welt. Ich gehe nirgendwo an Land, aber weil ich hin und wieder etwas essen muss, steuere ich öfter ein Schiff an. Ich mache das am liebsten in der tiefsten Nacht. Dann schlafen alle. Die ersten Male habe ich mich bei vollem Tageslicht den Schiffen genähert, aber das hat die Leute einfach irre gemacht. Erst haben sie

gerufen, es wäre das Beste, was sie in ihrem ganzen Leben erlebt hätten, und dann fingen sie an, wirres Zeug zu reden, oder sie wurden verrückt. Ich will vierzigtausend Kilometer auf dem Meer zurücklegen, es können auch ein paar Kilometerchen mehr werden, wenn ich erst die ganze Erdkugel umrundet habe. Ich will etwas tun, was noch nie jemand geschafft hat. Das ist immer mein Traum gewesen.« »Haben Sie keine Angst zu ertrinken?«, fragte Isaac.

»Ach was«, antwortete der Mann. »Es ist nur die Frage, wie man lenkt, darauf kommt es an, und natürlich, dass man immer vorsichtig Gas gibt oder Gas wegnimmt. Eine hohe Welle zum Beispiel darf man nie mit zu großer Geschwindigkeit nehmen, sonst werden die Reifen an der Seite nass, und wenn das einmal passiert ist, ist das Ende nicht abzusehen.« »Ja, das verstehe ich«, sagte Isaac, der den Mann voller Bewunderung anschaute. Der Mann saß wirklich da und fraß sich voll. Er trank auch viel Milch und Alkohol. Schließlich bat er um ein Fläschchen Jod, das bräuchte er. Inzwischen war eine Stunde vergangen, und der Mann schwang sein Moped wieder über Bord und hängte es an die Strickleiter. Dann verabschiedete er sich von Isaac. Der fragte, ob es nicht möglich wäre, den Rest der Fahrt als Sozius auf dem Moped mitzumachen. »Ich könnte zum Beispiel den Weg weisen, denn ich bin oft übers Meer gefahren«, beendete er seine Bitte. Aber der Mann brach nur in Gelächter aus. »Da müsstest du erst jahrelang üben«, sagte er, »aber wenn ich es unbedingt wollte, könnte ich dich mitnehmen. Ich lenke so gut und könnte die Reifen noch so weit aufpumpen, dass es gehen würde, aber ich habe keine Lust dazu. Was habe ich mit dir zu schaffen? Ich fahre nun schon monatelang übers Meer, und in der letzten Woche willst du dich plötzlich zu mir gesellen? Was sollte das für einen Sinn haben? Mir geht es nun einmal um den Einzelrekord. Ich kann den Leuten am Ziel doch nicht erklären, dass du erst zum Schluss dazugekommen bist? Ich würde mich außerdem sehr anstrengen müssen, um das Moped mit zwei Personen in der Balance zu halten. Und ich habe nie mit einem zweiten Mann geübt. Was weiß ich, was du für unvorhersehbare Bewegungen machst? Es kommt darauf an, leicht wie eine Feder über das Wasser zu tanzen«, fuhr der Mann fort, »verstehst du etwas vom Seiltanzen?«, fragte er. Isaac, der den Sinn der Frage nicht ganz verstand, verneinte. »Also«, sagte der Mann, »man muss das Moped immer balancieren, und man muss die Reifen so weit wie möglich über den Wellen halten.« Dann verabschiedete er sich und stieg mit seinem Moped die Strickleiter wieder hinab. Isaac wollte die Leiter noch zurechtrücken, aber immer wieder rief der Mann, und dieses Mal sehr laut: »Vorsicht, Vorsicht!« Als der Mann dicht über dem Wasser war, ließ er den Motor aufheulen, dass die Räder in der Luft über dem Wasser durchdrehten. Ab und zu brachte der Mann die Reifen ganz vorsichtig mit der Wasseroberfläche in Berührung, und irgendwann sprang er mit einer plötzlichen Bewegung von der Strickleiter auf das brausende Moped, das mit einem Affenzahn wegschoss. Es wurde schon ein wenig hell. Isaac war traurig zumute. Nach einer Viertelstunde war das Moped am Horizont verschwunden. Isaac legte sich noch ein Stündchen ins Bett. Am nächsten Tag erzählte er dem Funker, was er nachts erlebt hatte. Der zuckte mit den Schultern, und als Isaac weiter auf ihn einredete, fing er an zu lachen. Eine Stunde später wusste es das ganze Schiff, dass Isaac nachts einen Mann über das Wasser hatte fahren sehen. Alle lachten. Als der Tag vorüber war, fühlte sich Isaac todmüde. Aber bevor er ins Bett ging, lief er noch schnell zum Achterdeck. Die Sonne war gerade untergegangen. Es versprach, wieder eine schöne Nacht zu werden. Es war ein wenig bewölkter. Unwillkürlich begann Isaac das Meer abzusuchen. Aber natürlich war der Mann auf dem Moped nirgends zu erblicken. Die Tränen waren Isaac näher als das Lachen, er gehörte nicht an Land, er gehörte nicht zur Besatzung, er gehörte nicht einmal zu dem Mann mit dem Moped. Er schaute in das brausende, gefährliche Kielwasser und nach den Vögeln, die hinter dem Schiff her flogen. Er hatte das Gefühl, ein einsamer Mann zu sein, und allmählich wurde ihm klar, dass das immer so bleiben würde. Er steckte sich eine Zigarette an und begann, einen Psalm zu summen, aber er konnte seine eigene Stimme nicht verstehen. Der Wind hatte aufgefrischt, und deshalb kam die Schiffsschraube ab und zu über Wasser; sie drehte sich dann wie irre, um schließlich mit einem schweren Knall wieder einzutauchen. Isaac sah nach einem der Seevögel und wünschte, genau wie dieses Tier fliegen und stehen zu können, wo er wollte. Er wollte fliegen, den Schiffen hinterdrein oder weit weg hinter den Horizont. Ohne es zu merken, begann er, die Flügelbewegungen der Albatrosse in der Luft nachzuahmen. Der Bootsmann sah es zufällig. Er kicherte, denn er sah, dass Isaac fest mit beiden Füßen auf Deck stand.

Reise durch mein Zimmer

Für Eva

An die Musik

Du holde Kunst, in wie viel grauen Stunden,
Wo mich des Lebens wilder Kreis umstrickt,
Hast du mein Herz zu warmer Lieb' entzunden,
Hast mich in eine bess're Welt entrückt!

Oft hat ein Seufzer, deiner Harf' entflossen,
Ein süßer, heiliger Akkord von dir
Den Himmel bess'rer Zeiten mir erschlossen,
Du holde Kunst, ich danke dir dafür!

Franz von Schober

Ich könnte ein Flugzeug besteigen und nach Shanghai fliegen, ich könnte auch ein Schiff nach Port of Churchill in der Hudson Bay nehmen oder mich in ein Auto setzen und nach Paris fahren. Geld genug habe ich doch schließlich? Ich könnte mein ganzes Leben lang reisen und dabei immer in Hotels schlafen und in Restaurants speisen. Ich könnte Tausenden mir noch unbekannten Menschen die Hand schütteln und sagen: »Guten Tag, hier bin ich, Maarten Biesheuvel«, oder »Bonjour, me voilà, Maarten Biesheuvel«. Ja, das alles steht mir frei, und ich frage mich, warum ich's denn nicht tatsächlich in die Tat umsetze. Hier in meinem Zimmer sind Schubladen brechend voll mit Hängeregistraturen, ja, ich weiß sogar genau, wie viele Hängeregistraturen ich besitze: zwölfhundert! In jeder dieser Hängemappen steckt eine Geschichte, manchmal ist diese Geschichte vier, manchmal siebzig Seiten lang (mein Verleger hat mir geraten, es nicht zu übertreiben). Ich verdiene eine Menge Geld, genug, um damit auf Reisen zu gehen. Von Sevilla aus würde ich meine Frau beauftragen, ein hübsches Buch von etwa zweihundert Seiten zusammenzustellen, ein Jahr später könnte ich ihr mit der gleichen Bitte von einer der Falkland-Inseln aus kommen und immer so weiter. Eva wird nämlich nicht mit mir reisen können, weil sie die Ziege, den Hund, die Katzen, die Kaninchen und die Igel versorgen muss. Ich könnte es auch so formulieren: »Wenn die Tiere nicht wären, würde meine Frau mitkommen!« Ich werde nicht reisen. Ich bleibe schön zu Hause in meinem Studierzimmer. Und diese Geschichte schreibe ich aus reinem Vergnügen, weil ich nicht wüsste, was ich sonst tun sollte. Ich werde Sie durch mein Zimmer reisen lassen, bis es Ihnen schwindelt! Ich werde Ihnen mein Zimmer, wie es ist, so haarklein beschreiben, dass die Leute noch in tausend Jahren wissen, wie ein Zimmer anno 1983 im niederländischen Leiden ausgesehen hat. Ich bin sicher, dass alle neugierig darauf sind, wie mein Zimmer aussieht, denn dann kann der oder die das Arrangement der Gegenstände mit dem bei sich zu Hause vergleichen: »Da also hat er die Schirmlampe stehen?« Mir ist übrigens aufgefallen, dass Leute, die mich zu Hause besuchen, am liebsten mein Zimmer besichtigen wollen. »Hier sitzen Sie also den ganzen Tag?«, fragen sie erstaunt, als wäre das eigentlich nicht möglich. Was spielt es denn für eine Rolle, wie groß das Universum ist, wenn mein Zimmer für mich so interessant ist?

Zuerst führe ich Sie zu einem großen Bild, das hinter Glas in einen schwarzen Rahmen gefasst ist; es hängt über meinem Bett. Darauf sehen Sie das Haupt von Nabokov, der selbst durch die Leere des Universums reist. Er kann nun nicht mehr schreiben, weil er tot ist. Vladimir Nabokov ist mein großes Vorbild, und ich denke jeden Tag an ihn. Ein genialer Scherzbold. Das Foto habe ich aus der amerikanischen Zeitschrift *Life* ausgeschnitten. Es muss 1965 gewesen sein, als mir diese Zeitschrift mit dem Foto von Nabokov in die Hände fiel, also muss er auf dem Foto ungefähr sechsundsechzig Jahre alt sein. Ein kleines Lächeln spielt um seinen Mund, er trägt ein einfaches Jackett, eine einfache Krawatte und ein Hemd. Aber auf der Nase klemmt das Lorgnon seiner Großmutter, und damit sieht er ein bisschen wie ein Huhn aus. Dieses Foto ist mir vielleicht der liebste Gegenstand, den ich im Haus habe. Natürlich habe ich Vater und Mutter geliebt, aber ihre Fotos hängen nicht in meinem Zimmer, die habe ich im Schlafzimmer. Vom Porträt Nabokovs reisen wir in aller Eile (ein Mittagessen wird am Bücherschrank gereicht, und am Nachmittag haben Sie frei) zu meiner Schreibmaschine. Diese Maschine ist eine Remington aus dem Jahr 1912, und sie wird sich, was das Äußere angeht, nicht sonderlich von der aus der »Remingtonnaja komnata« (Remington-Zimmer) von Lew Tolstoi unterscheiden, der, wie Sie wissen, die *Kreutzersonate*, *Anna Karenina* und *Krieg und Frieden* geschrieben hat. Ich wüsste schon gern, was genau er seiner Sekretärin, die sich aufs Tippen verstand, diktiert hat, welche Geschichten auf dieser Remington geschrieben wurden, und wie alt war Tolstoi da? Auf jeden Fall muss der alte Graf das gleiche Klappern in den Ohren gehabt haben, wie ich es jetzt höre. Ich habe keine Sekretärin und schreibe alles sofort in die Maschine: Geschichten, Briefe, Novellen. Der Freund, der mir die Maschine geliehen hat, heißt Paul Briët. Ich weiß nicht sehr viel von ihm, jedenfalls hat er in Leiden studiert, und in der folgenden Anekdote spielt sein Name eine Rolle: Professor Dr. Linnaeus verlas die Namensliste der Studenten, die im Hörsaal bei einer bestimmten Vorlesung sitzen sollten: »Aafjes, Astafjew, Baasdonk, Biesheuvel, Briet ...« Aus dem Publikum erhob sich eine laute Stimme: »Nicht Briet, Herr Professor, sondern Briët (Briejeh)«, worauf der Gelehrte schlagfertig erwiderte: »Aber das kann ich doch Ihrer Visage (Visasche) nicht ansehen?« Paul Briët ist heute Arzt in Leiden, und er geht ab und zu mit mir ins Concertgebouw in Amsterdam, wo wir gemeinsam dem Musikgenuss frönen. Als er noch in der Lehre war, um Medizinmann zu werden, half er einmal bei der Operation einer kaputten Kniescheibe. Briët ist sehr groß, etwa zwei Meter lang, aber die beiden Ärzte, die die hauptsächliche Arbeit zu verrichten hatten und Briët zeigen sollten, wie man eine kaputte Kniescheibe wieder ganz macht, waren zufällig sehr klein von Statur, sodass Paul nach vorn gebeugt dastehen und gelegentlich auch in die Knie gehen musste, was sehr ermüdend war. In einem Operationssaal kann man eigentlich niemanden erkennen, weil alle eine hellgrüne Kappe tragen, die den ganzen Kopf bedeckt und nur die Augen frei lässt – eine komische Angewohnheit – leiden denn alle Ärzte unter Gesichtsgeschwüren, aus denen Flüssigkeit heraustropft, oder gar unter Flöhen und Nissen? Das Gesicht zu waschen schiene mir ein probates Mittelchen, waschen Sie sich lieber!, meine Herren Ärzte, und erschrecken Sie die Patienten nicht, Sie wollen doch schließlich auch nicht von einer Spukgestalt behandelt werden? Irgendwann öffnete sich die Tür zum Operationssaal, und es kam noch jemand herein, wieder eine recht kleine Person. Diese lief direkt auf den Seziertisch zu. »Da haben wir ja noch so einen Wichtel«, sagte der mürrische Briët laut. »Ihre Prüfung ist morgen nicht halb elf, sondern um elf, und wir machen's bei mir zu Hause, da haben wir es heimeliger«, sagte der Professor. Die Maschine, auf der ich schreibe, hat ein paar kleine Macken, was aber nicht weiter schlimm ist, nichts auf dieser Welt ist fehlerlos außer der Geschichte *Der Mantel* von Gogol. Ich nenne meine Maschine gerne »den Selbstschreiber«. Sie tut alles für mich, ganz von allein purzeln die Worte aus ihr heraus. Ich habe es einmal mit einem Komposter ausprobiert, so ein modernes, stromlinienförmiges Dingens, ausgestattet mit einer elektrischen Datenverarbeitung, aber dabei kam nur Gebrabbel heraus. Tja, früher hat man noch solide gearbeitet. Ich habe kürzlich in einem Citroën von 1922 gesessen, und der fuhr viel besser als das teuerste Auto von heute: Man hatte mehr Beinfreiheit, und wenn es durch ein Schlagloch ging, knallte man nicht mit dem Kopf ans Dach. Ich saß auf der Rückbank und musste mich weit nach vorne beugen, um mit meinem ganz gewöhnlichen Regenschirm den Nacken des Fahrers antippen zu können; er erschrak fürchterlich und konnte nur knapp einem kleinen Igel ausweichen, der gerade die Straße überquerte. Nun ja, so ist es nun einmal. Diese

Maschine zeigt schamlos die Beschaffenheit ihrer Innereien, alles ist funktional, stilvoll und solide gebaut. Wenn man die Maschine mit Sorgfalt behandelt, kann man auch noch in hundert Jahren auf ihr schreiben. »Es ist een wunder in unsern ougen, wir sehens, kunnens aber niht durchgrunden!« Ich rücke auf meinem Stuhl herum (leicht getan, denn ich muss nicht in Rangun umsteigen, sondern kann einfach sitzen bleiben und »lerne die Umgebung hier kennen«, verflucht soll ich sein, wenn es nicht stimmt, habe ich heute irgendwo auf der Straße gelesen). Dieser Stuhl stand schon 1928 in der Bibliothek, im großen Lesesaal der Leidener Universität. 1964 freilich hat der Bibliotheksdirektor in seiner unendlichen Voraussicht und Allwissenheit (übrigens, wir hatten gerade das Foto von Nabokov und die Remington und beschäftigen uns jetzt mit dem Stuhl, auf dem ich sitze, ich bin 1939 geboren, und jetzt haben wir 1983, ich bin also vierundvierzig Jahre alt, Nabokov musste in diesem Alter sein einziges schlechtes und bekanntestes Buch erst noch schreiben – *Lolita* –, er lebte damals in Amerika, lehrte, glaube ich, an der Cornell University, er wurde 1899 geboren, und es war 1943, als er in der Presse verbittert von Hitlers Taten las, mein Vater und meine Mutter und ich saßen damals mit Hunger im Bauch in Schiedam, und nachts ging ich mit der, die mich zur Welt gebracht hat, zum Eisenbahndamm, über den jetzt ein Zug fährt, der Hoek van Holland auf direktem Wege mit Moskau verbindet, um in der Asche, die aus den Öfen unter den Kesseln der Dampflokomotiven geworfen wurde, nach noch brauchbaren kleinen Kohlenstückchen zu suchen. Zu diesem Behufe hatten wir einen Korb dabei, eine Art Sieb, das aus einem metallischen, um einen quadratischen Holzrahmen von vierzig mal vierzig Zentimetern gespannten Fliegenfenster bestand), der Bibliotheksdirektor also hatte gemeint, er müsse die alten Stühle durch moderne Plastikstühle ersetzen, und so sind in einem Saal mit einer Fläche von achthundert Quadratmetern sage und schreibe drei ganze Studierplätze hinzugekommen, ein ziemlicher Fortschritt. Der Stuhl, auf dem ich jetzt sitze, trägt die Nummer 50, und ich habe ihn 1963 dem Bibliotheksleiter abgeschwatzt, weil er sonst im Feuer gelandet wäre. Auf diesem Stuhl habe ich nun zehn Bücher geschrieben, wenn man *Moped auf hoher See* mitzählt. Es ist ein stabiler Holzstuhl, Sitz und Rückenlehne sind mit einer schwarzen, strapazierfähigen Leinwand bezogen. Manchmal frage ich mich, wer alles schon auf meinem Stuhl in der Bibliothek gesessen haben mag, lange bevor ich geboren wurde: Barone, Patrizier, Bürger, wer von all diesen Advokaten, Wundärzten und Theologen könnte noch am Leben sein? Ich bin davon überzeugt, dass man alles in Ehren halten muss. Es ist schäbig und unstatthaft, Gegenstände, die noch zu gebrauchen sind, wegzuwerfen. (Gestern habe ich die Handtasche wiedergefunden, die meine Mutter bis zu ihrem letzten Atemzug begleitet hat. In einem Seitenfach steckte ein blauer Plastikumschlag mit einem Erfrischungstüchlein, einem mit Eau de Cologne getränkten Fließpapier. Ich schwitzte gerade und fühlte mich schmutzig, also betupfte ich Hände und Stirn mit diesem Taschentuch und war erfrischt. Ich fand auch eine Rolle Drops, die wohl vor neun Jahren gekauft wurde, denn meine Mutter starb 1974, die Rolle war zur Hälfte leer, meine Mutter hat also vier Drops gelutscht, einen von den restlichen habe ich dem Hund gegeben, der ihn lecker fand, und in einem Jahr werde ich selbst einen dieser Dropse probieren. In einem anderen Seitenfach der Tasche fand ich ein weiteres rührendes menschliches Dokument: ein kleines Zettelchen, doppelt gefaltet, auf das ich Folgendes geschrieben hatte – ich muss noch halbwegs im Bann einer nicht ganz überwundenen Religionskrise gestanden haben, die mich schließlich ins Irrenhaus beförderte: »Liebe Mutter, als dankbarer Sohn werde ich von nun an Ihren Glauben an Gott, Jesus und den Himmel respektieren, vergeben Sie mir, dass ich Sie in dieser Hinsicht so oft ausgeschimpft habe. Liebe Grüße. Ihr Maarten.«)

Auf dem Stuhl sitzt's sich prima, und ich hoffe, dass er mir bis zu meinem Tod treu bleiben wird. Vielleicht kann ich noch zehn oder fünfzehn gute Bücher darauf schreiben, wenn der willenlose Wille des Universums es mir zugesteht, aber man muss ja schließlich an etwas glauben! Der Stuhl knarrt angenehm, wenn man sich bewegt. Ich darf gar nicht daran denken, dass meine Haushaltshilfe mein Zimmer betreten und den Schreibtisch und den Stuhl mit einem Tuch nassmachen könnte, es handelt sich hierbei um meine Heiligtümer. Ich habe ein Foto, das den Essayisten, Übersetzer und Kritiker Karel van het Reve mit dem kleinen Kareltje, unserem ältesten Kater, auf diesem Stuhl zeigt. (Jetzt kriege ich Kopfschmerzen und würde am liebsten von meinem Stuhl aufstehen, mich ausziehen und zu Bett gehen. Morgen gehe ich zum Essen zu Albert Blankert und seiner Frau Alice. Aber am Tag darauf werde ich mit der Beschreibung meines Zimmers fortfahren. Wollen Sie etwas über die Schreibtischplatte wissen, an der ich arbeite? Gut, ich werde es Ihnen erzählen. Sie können ja gleich weiter lesen, aber für mich müssen jetzt erst mal zwei volle Tage vergehen, zwei Tage näher an meinem Sarg und der Grube, dessen bin ich mir immer bewusst, und ich frage mich ständig: Warum existiere ich eigentlich? Wie? Und wie lange noch? Es ist ein Wunder. Mein Herz hat Millionen Male geschlagen, meine Nieren haben ein gigantisches Reservoir an Urin verarbeitet, meine Füße haben Hunderte von Kilometern zurückgelegt, und ich sterbe noch immer nicht. Wie kann man es also wagen, eine Mücke einfach totzuschlagen? Auch eine Mücke hat ein Organ, um Sauerstoff ins Blut zu transportieren, ein Herz, Blut und sogar Flügel, über die wir nicht verfügen.)

Diese Schreibtischplatte gehört eigentlich nicht zu einem Schreibtisch, sondern zu einem Reißbrett, das ich seit meinem siebenten Lebensjahr kenne. Mein Vater arbeitete während des Krieges und danach als Archivar in der großen Schiedamer Werft, wo Zeichnungen für Schiffe und U-Boote angefertigt wurden. Ich weiß noch, wie mein Vater mir seinen Schreibtisch vorführte, als ich sieben war. Er zeigte mir auch einen unglaublich riesigen Saal mit sicher hundertzwanzig schräg stehenden Zeichentischen und genauso vielen Stühlen; ich war schwer davon beeindruckt. Darauf wurden ganze Schiffe oder Schiffsteile entworfen. Meine Mutter hat meinen Vater einmal gebeten, eine Holzplatte von einem mal zwei Metern für ihre Arbeit auf den Tisch zu legen, damit die normale Tischplatte nicht in Mitleidenschaft gezogen würde. Meine Mutter war immer viel am Nähen und Flicken und hat Kleider und Kostüme passend gemacht, um sich ein bisschen was nebenher zu verdienen (reich waren meine Eltern ganz gewiss nicht). Sie schnitt Muster aus Frauenzeitschriften aus oder kaufte sie in der Stadt in einem Geschäft, gleichzeitig kaufte sie viele Meter Stoff, legte zu Hause die Muster über den Stoff und folgte mit dem Kopierrädchen den fast unentwirrbaren Strichellinien auf den Papierstücken, dabei entstanden Hunderte kleine Markierlöcher im Stoff, sie bildeten skurrile Linien, und meine Mutter zeichnete diese kaum zu erkennenden Strichelchen mit einem dünnen Stück Schneiderkreide nach und schnitt dann die einzelnen Stoffstücke, die sie zusammennähen wollte, aus. Ich habe ihr dabei oft geholfen und sie sehr bewundert, weil mir klar war, dass ich niemals zu einer solchen Arbeit in der Lage sein würde. Dieses Kopierrädchen jedoch hinterließ Löcher im Tisch, und das wollte meine Mutter nicht, deshalb brauchte sie eine alte Holzplatte. Mein Vater hat ihr damals ein Teil von einem Reißbrett mitgebracht, eine schwarz lackierte Holzplatte riesigen Ausmaßes, ein mal zwei Meter und zwei Zentimeter dick, und die gesamte Kante war mit einem drei Millimeter

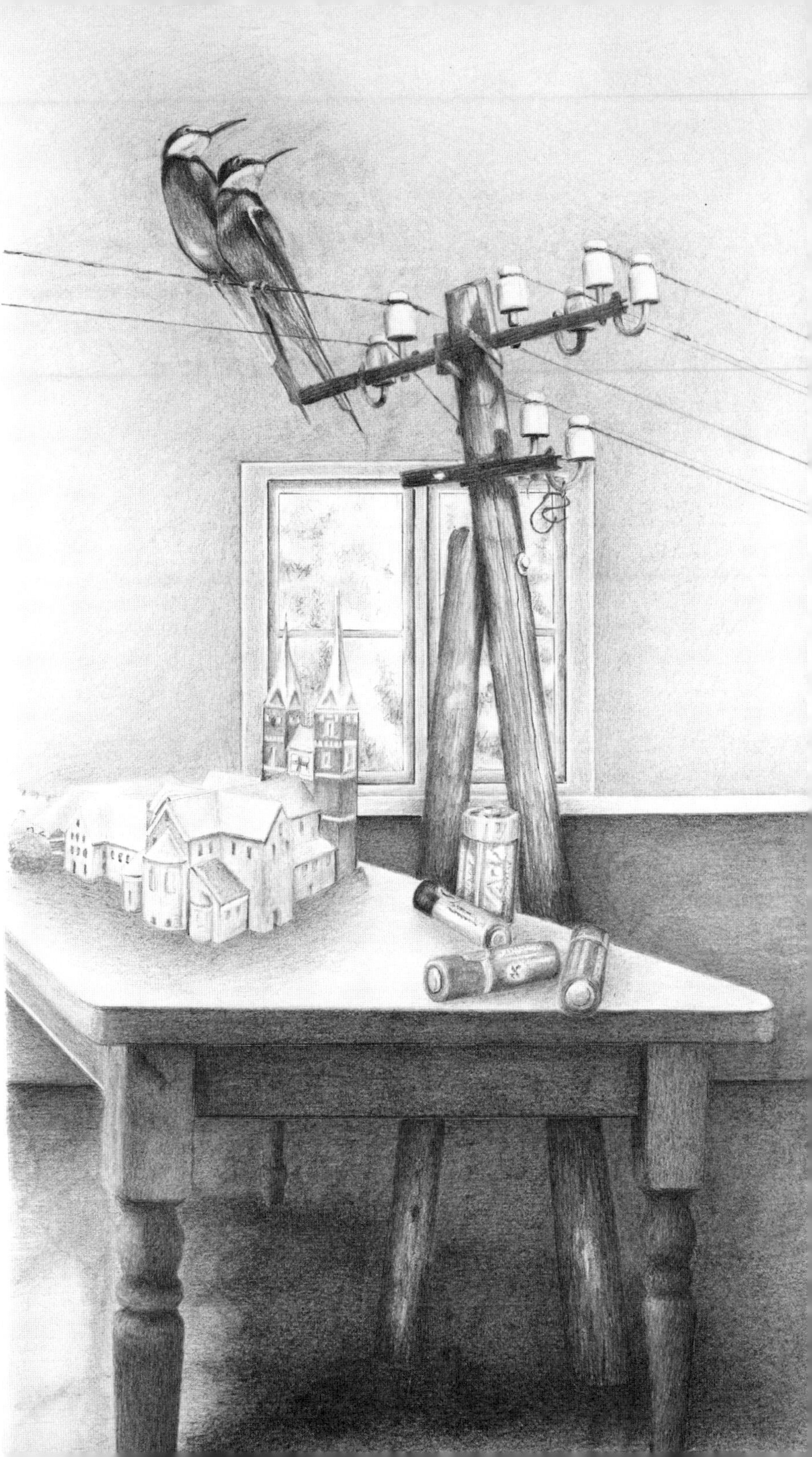

dicken Aluminiumband gesäumt. Meine Mutter hat Hunderte Anzüge, Kostüme und Kleider darauf geschneidert. Und vor meinem geistigen Auge sehe ich mich noch heute bei ihr sitzen, denn manchmal durfte ich nämlich ausrädeln, das Rädchen laufen lassen und aufdrücken; das Rad hatte insgesamt hundertzwölf Spitzen, es saß am Ende einer gekrümmten Metallstange, an deren anderer Seite sich ein roter Holzgriff befand. Die schönsten Momente meines Lebens sind mit diesem Zeichentisch verbunden, denn ich saß oft bei meiner Mutter, durfte das Rad der Nähmaschine in Schwung setzen oder den Stoff straff ziehen, während er sich unter der auf- und abschießenden Nadel durchschob, oft habe ich für meine Mutter die Rollen für die Spule vorbereitet – schnurrend sauste das kleine Rad, das an den Gummibelag eines großen Rades gepresst wurde; und wenn man den Griff des großen Rades einmal gedreht hatte, hatte die Spule schon hundertzwanzig Runden hinter sich. Die Nähmaschine war eine Singer. Die Platte, diese schwarz lackierte Platte, auf der früher U-Boote entworfen, später Anzüge von meiner Mutter genäht, danach Hochzeitsgedichte von meinem Vater und schließlich Geschichten von mir selbst geschrieben wurden, liegt jetzt vor mir. Wenn man mit der Hand darüberstreicht, spürt man die Millionen Löcher des Kopierrädchens, und so arbeite ich sozusagen in den Spuren meiner Mutter. Genau das ist es, was das Schreiben ausmacht: dem Publikum das weiterzugeben, was man von den Eltern erlernt hat, die guten Dinge behält man, die weniger fröhlichen vergisst man, und die schlechten Eigenschaften meines Vaters und meiner Mutter habe ich im Laufe der Zeit völlig verdrängt.

Wir reisen jetzt zu einem Bild von New York, einem ziemlich großen Foto, das links von mir in einem Rahmen an der weißen Wand hängt. Wir müssen dafür eine Strecke von etwa anderthalb Metern zurücklegen. Es ist das schönste und zugleich düsterste Bild von New York, das mir je vor Augen gekommen ist, es kann einen tatsächlich melancholisch stimmen. Sie sind wahrscheinlich in Eile, aber Sie können auf der Fensterbank hinter mir Platz nehmen, das Fenster steht offen, und von da haben Sie einen wunderbaren Blick auf Leiden. Das Abendessen soll hier serviert werden, wahnwitzige Gerichte wie Aschenbecher, Trockenblumen, Zeitungspapier und Wecker werden Ihnen aufgetischt. Nun aber sind wir in New York und spazieren über die Insel Manhattan. Ich bin einmal mit einem Freund nach New York geflogen und habe von dem folgenden Drama erfahren, ich weiß nicht, ob es sich wirklich so zugetragen hat, aber es lohnt die Mühe und ist das Vergnügen wert, aufgeschrieben und gelesen zu werden. Ein gewisser John Chrysler war ein einfacher Bursche, er traf ein sehr reiches Mädchen und wollte es heiraten, aber der Vater war dagegen, weil Chrysler kein Geld hatte. Dann fange ich eben mit einer Motorenfabrik an, dachte sich unser Held. Zehn Jahre später gehörte ihm eine der größten Autofabriken der Vereinigten Staaten. Nun durfte er das Mädchen heiraten. Er hatte immer schrecklich viel zu tun und telefonierte unentwegt, berief Sitzungen ein, ordnete permanent alles neu und schmiedete Pläne für die Zukunft. Als er fünf Jahre verheiratet war, beschloss er, den irrsten Wolkenkratzer in Manhattan zu errichten, der sich vorstellen lässt. Unten war das Ding noch ganz normal, aber die oberen acht Stockwerke sollten wie eine steif gefrorene Jugendstilnachtmütze aussehen. Dort würden er und seine Frau fortan leben. Als das Ding endlich fertig war, der Bau hatte vier Jahre in Anspruch genommen, brachte Chrysler seine Frau dorthin und zeigte ihr die prächtigen Jugendstilmöbel und -lampen, die große Bibliothek, das weitläufige Schlafzimmer, hoch oben im Himmel, weit über dem geschäftigen Treiben der Stadt. »Bist du jetzt glücklich?«, fragte er. »Wärst du mal lieber arm geblieben wären, dann hättest du mehr Zeit für mich gehabt«, murmelte sie. Chrysler schrie auf und rief: »Mein Gott, was habe ich denn falsch gemacht?« »Du hättest dich mehr um mich kümmern sollen«, antwortete sie, »jetzt reicht es mir, und ich verlasse dich, ich komme auch nie wieder zurück.« Es wird erzählt, dass man früher um die Weihnachtszeit herum in einem der obersten Stockwerke des Chrysler Building ein Licht brennen sah. Die New Yorker wussten dann, dass ihr großer Autoheld da seinen Truthahn verspeiste, seinen Champagner trank und weinte … Mir ist aufgefallen, dass in New York überall Dampf aus den Asphaltritzen aufsteigt, dass die Stadt nicht gefährlich ist und man lecker chinesisch essen kann, es gab Streichquartette mitten auf der Straße, Musiker spielten unter freiem Himmel, und da waren unglaublich viele Buchläden, viele Museen, Schallplatten, die ich seit Jahren gesucht habe und hier fand. Ich habe noch nie so vortrefflich chinesisch gegessen wie in New York, und es ist die einzige fremde Stadt der Welt, in der ich zehn Tage hintereinander keinen übergroßen Angstanfall hatte. Es wäre, kurz gesagt, für mich die ideale Stadt, um dort zu wohnen. Mein Zimmer liegt jedoch in einem lieblichen Teil von Leiden, und mit ein wenig Fantasie könnte ich mir einbilden, dass ich hier in Greenwich Village in Manhattan lebe. Ich höre die Autos in der Ferne vorbeirauschen, und nur die Bäume vor meinem Fenster versperren mir die Sicht auf die Wolkenkratzer.

Ich lasse meinen Blick jetzt etwas nach links schweifen und sehe ein Porträt von Marilyn Monroe, das an der Tür hängt. Diese Frau ist für mich die Maria oder der Jesus Christus unserer Tage, Millionen Männer auf der ganzen Welt haben sie mit Blicken belauert, bis sie starb. Ich will versuchen, Ihnen kurz zu erklären, was ich mit dieser Frau zu schaffen habe. Sie müssen wissen, dass ich mit Eva, meiner Frau, vollkommen glücklich bin, aber immer noch eine Schwäche für Marilyn habe: Sie geht mir nicht aus dem Sinn. Marilyn ist die Frau meiner Jugend. Sie war die Personifizierung der Verführung, von der ich geträumt habe. Sie war lustig und intelligent, sie war einfach die Frau, von der jeder Mann träumen musste. Sie hatte etwas leicht Nuttiges, das einen anrührte. Sie war pausbäckig und schien dafür geboren, Männern den Kopf zu verdrehen. Alles an ihr wirkte verführerisch: ihre Schuhe, ihr Haar, ihre Lippen, ihre Zähne, ihr Kleid. Nun

hatte ich vor zwei Monaten einen guten Freund in meinem Zimmer zu Gast, und der hat gesagt: »Hast du aber viele Fotos von dieser Monroe hängen, was ist denn so besonders an dieser Person? Selbst wenn du sie mir nackt auf den Leib binden würdest, würde mir davon weder heiß noch kalt werden.« Ich fand meinen Freund auf der Stelle etwas weniger nett. Übrigens ist meine Beziehung zu Marilyn immer eine platonische gewesen: Ich verzehrte mich zwar nach ihr, wusste allerdings, dass sie nie meine Frau werden würde. Ich stehe zwar noch immer auf diesen nuttigen Frauentyp, aber mir war immer bewusst, dass so jemand meinen Untergang bedeuten würde: Ich glaube, dass ich aufhören würde zu schreiben. Mein Leben mit Eva dagegen musste schließlich zum Schreiben führen. Sie will definitiv nicht in Manhattan oder im Zentrum Amsterdams leben, sie will keinem Künstlerclub angehören, sie will alles so zurückhaltend wie möglich. Bei Marilyn wäre ich nur ein Anhängsel, ich würde ständig in ihrem Schatten stehen, ich wüsste auch nicht, wie ich mich im Showgeschäft verhalten sollte, während Eva, die jedwedem Glitter und Glamour, aller Ziererei und Koketterie abhold ist (nie würde sie sich auf einem Lüftungsgitter über der U-Bahn mit hochwehendem Rock fotografieren lassen), dafür sorgt, dass ich in meinem Studierzimmer bleibe und mir ständig das Bild von Platon in Erinnerung rufe, dem zufolge an eines Mannes Erdenwallen vier Pferde ziehen: zwei am Kopf nach oben und zwei am Unterleib nach unten. Es ist sehr schwierig, langsam hinaufzureiten, selbst angenommen, dass es geflügelte Pferde wären und man durch den Himmel fliegen würde. Aber lassen Sie mich über Marilyn sprechen und nicht über Eva, die ich so oft in einer Geschichte auftreten lasse. Als ich sechzehn Jahre alt war, bin ich oft ins Kino gegangen. Am liebsten sah ich Filme, in denen Marilyn mitspielte. Wenn ich so einen Film gesehen hatte, träumte ich die ganze Nacht davon, und am Montag radelte ich mit meinem imaginären Engel zur Schule. Sie sagte mir die Übersetzung von Vergil vor und half mir bei Erdkunde, und wenn der Lehrer nicht hinsah, lagen wir uns in den Armen. Ich war vielleicht in vier ihrer Filme. Ganz genau erinnere mich an *Manche mögen's heiß*, einen Streifen, den ich im Fernsehen bei meinen Eltern zu Hause gesehen habe. Ich war eifersüchtig auf Tony Curtis, weil er sie küsste. Bis heute sehe ich es vor mir, wie in einem durch die Nacht fahrenden Zug all diese Mädchen und zwei verkleidete Männer zu ihr ins Bett krochen, um verbotenerweise Whisky zu trinken. Eigentlich war alles, was sie in Filmen tat, verboten: die Art und Weise, wie sie lachte, gehörte sich nicht, wie sie aß, war einfach nur obszön. Ich war wahnsinnig in sie verliebt. Ich erinnere mich noch an einen anderen Film, aber leider nicht mehr an den Titel. Der Film spielte in einem großen Haus in New York. Ganz unten wohnte ein Paar mit einem Sohn, und oben Marilyn. Die Frau von unten fuhr mit dem Sohn zu ihren Eltern nach Maine. Der Mann kam spät von der Arbeit nach Hause, und er fühlte sich einsam zu Hause. Er kochte und trank Whisky, er aß was und setzte sich dann in den Garten. Marilyn beobachtete ihn neugierig und ließ versehentlich einen Topf Begonien vom Balkon in den Garten des Mannes fallen, der da zu seiner Entspannung Zeitung las. Der Topf segelte haarscharf an seinem Kopf vorbei, der Mann schaute nach oben in ihr lächelndes Gesicht. Sie entschuldigte sich, und er lud sie auf einen Drink ein. Fünf Minuten später betrat sie, pausbäckig und lächelnd, in einem glänzenden schwarzen, tief ausgeschnittenen Kleid und mit dem Hintern wackelnd, das Zimmer des Mannes (so sollte eine Frau immer in das Leben eines Mannes treten), und schon zehn Minuten später saß sie auf seinem Schoß. Und der Mann zog eine Miene, in der etwas Geheimniskrämerisches und Verbotenes lag. Es war schrecklich aufregend. Ich glaube, dann kam die Frau des Mannes, der Anwalt war, plötzlich nach Hause. Ich hasste diese Anwaltsfrau … Ein paar Jahre später lernte ich Eva kennen, ich war mit ihr in Frankreich im Urlaub und hörte im Radio, dass Marilyn Monroe Selbstmord begangen hatte. Ich setzte mich auf den Bordstein und schluchzte fünf Minuten lang. »Was ist denn los?«, fragte Eva. »Hat es dich so gepackt?« »Ich kann es dir nicht erklären«, sagte ich. Danach habe ich jahrelang alles versucht, Eva wie Marilyn aussehen zu lassen. Aber es entsprach nicht Evas Charakter, und ich tat ihr damit sehr weh. Jetzt gehaben wir uns gutbürgerlich und trödelig, und als Kompromiss habe ich die Bilder von Marilyn in meinem Zimmer aufgehängt. Und Eva lacht mich deswegen aus, ebenso Karel van het Reve und Rudy Kousbroek und Maarten ’t Hart und Jaap van Heerden und K.L. Poll. Trotzdem lasse ich die Fotos hängen. Ich will Marilyn nicht vergessen. Im Leben eines jeden Mannes muss es eine Erinnerung an etwas Verbotenes geben, an etwas, das aus dem Rahmen fällt, das jedes Maß überschreitet. In einem irre kalvinistischen Wahn glaubte ich ernsthaft, Karel van het Reve sei Gott. Wäre ich noch gläubig, würde ich Marilyn Monroe zu Jesus und Tony Curtis zu Judas befördern.

Links von der Tür steht der Bücherschrank und davor mein »Schatten des elektrischen Stuhls«, ein Stuhl, auf dem meine Mutter bis kurz vor ihrem Tod gesessen hat. Es ist ein Bürostuhl aus dem Jahr 1920, mein Vater hat ihn mit nach Hause gebracht, es ist ein vornehmer Stuhl, vielleicht hat sogar das Sitzfleisch vom Direktor der Wilton-Fijenoord-Werft in Schiedam darauf geruht. Der Stuhl verfügt über hölzerne Armlehnen, und an einer davon habe ich eine Lampe festgemacht, deren Licht auf mein Buch fällt, wenn ich auf diesem Stuhl sitze, ansonsten lässt es den ganzen Raum im Dunkel. Hunderte Stunden habe ich auf diesem Stuhl zugebracht, meine Mutter und mein Vater ebenso, aber ich frage mich, ob jemals jemand mit diesem Ding so glücklich geworden ist wie ich ... Abends gehe ich immer in mein Studierzimmer, das Eva übrigens »mein Zimmerchen« nennt, weil ich nie »studiere«, und lese von halb elf bis drei Uhr in der Nacht. Ich habe dann zum Beispiel Tschechow in der Hand oder Joseph Conrad, ich sitze bequem, das Telefon wird von Eva abgenommen, für Besucher komme ich nur heraus, wenn Eva mich ruft, das Licht fällt ins Buch, während es draußen regnet und stürmt, der Wecker tickt mit einem angenehmen Geräusch, und so lese ich, lese ich, lese ich. Der glücklichste Mensch, dem ich jemals begegnet bin, bin ich selbst (abgesehen von meinen Angstzuständen). Welche Abenteuer habe ich auf diesem Stuhl erlebt! Ich habe auf meinem Stuhl gesessen und meine Frau mit einem Liebchen betrogen, ich habe Elefanten gejagt, ich habe die russische Gesellschaft, wie sie im 19. Jahrhundert bestand, bis ins letzte Detail kennengelernt, ich habe über die Abenteuer einer Ratte, einer Kröte, eines Dachses und eines Maulwurfs in einer menschenleeren Gegend gelesen; auf diesem Stuhl sitzend habe ich Taifune erlebt und meinem Bruder das Erstgeburtsrecht verkauft; auf diesem Stuhl bin ich sogar zum Mond geflogen und in achtzig Tagen um die Welt gereist; ich habe auf ihm Opium geraucht und die Auswirkungen fast körperlich erfahren; kurz, es ist ganz einfach ein Wunderstuhl. Nach dem Abendessen trinke ich ein Gläschen Cognac und gehe dann hinauf, normalerweise nehme ich mir ein Buch und stecke den Stecker dieser einen Lampe in die Steckdose, es ist die Lampe, die diesen Stuhl zum genauen Gegenteil eines elektrischen Stuhls macht, denn beim Lesen werde ich zum Leben erweckt, werde ich angeregt, habe ich Ideen für neue Geschichten. Kurz bevor ich schlafen gehe, packe ich die Armlehnen fest und denke an meine tote Mutter, traurig und zugleich zufrieden lege ich mich dann ins Bett. Den Bücherschrank, vor dem der Stuhl steht, kenne ich seit meinem zweiten Lebensjahr; seitdem ich mir meiner Gedanken oder Stimmungen bewusst wurde, ist dieser Schrank in sicher fünf verschiedenen Häusern Bestandteil meines Lebens gewesen. Wenn ich als Baby über den Boden kroch, war das Erste, was meine Fäuste entdeckten, die Kugelbeine dieses Bücherschranks, die Scheiben vor den Büchern, die Türen, die Bücher selbst, aus denen ich, ein kleiner kritischer Größenwahnsinniger, zum Kummer meiner blöden älteren Schwester, viele Seiten herausgerissen habe, weshalb sie manchmal sagte: »Wenn du heute keine Bücher zerreißt, gebe ich dir einen Fünfer.« Als ich sechzehn war, baute sich mein Vater einen größeren Bücherschrank und schenkte mir den alten. Ich habe meine Schulbücher und die vielen Taschenbücher, die ich damals gelesen habe, hineingestellt. Jetzt stehen nur noch die Russen, Polen, Franzosen, die Deutschen des 19. Jahrhunderts, Elsschot, Karel und Gerard van het Reve sowie ich selbst darin, denn ich bin Romantiker. Ich platze vor Lachen, wenn ich in einem Buch auf einen solchen Satz stoße: »›I don't like that‹, said Miss Bennett.« Eine Frau in meinem Bücherregal pflegt Anna Dutour, Madame Bovary, Eugénie Grandet, Frau Eichhorn, Anna Karenina oder Jewgenija Schestakowa zu heißen, aber nie und nimmer Miss Bennett. England und Amerika existieren für mich schlicht und ergreifend nicht, wenn es um Literatur geht. Ich bin kein Allesfresser, das Leben ist einfach zu kurz, und in einem Restaurant isst man auch nicht an einem Abend Gans, Truthahn, Garnelen, Fisch, Fleisch, Käsefondue, Pommes frites mit einem Hackbällchen sowie einer Frühlingsrolle extra. Ich halte es für eine völlig lächerliche Vorstellung,

dass man in seinem Leben Tausende von Schriftstellern gelesen haben muss. Ich kenne etwa zwanzig Schriftsteller und bin mit ihnen wunschlos glücklich. Am liebsten ist mir Vladimir Nabokov, gefolgt von Anton Pawlowitsch Tschechow und Bruno Schulz. Man weiß ja, wie ein Buch tatsächlich geschrieben ist, immer erst, wenn man es mindestens fünfzehn Mal gelesen hat. Aber ich merke gerade, dass ich dabei bin, eine Meinung zu äußern. Hier kommt noch eine: Verstehen wir, Gelehrte, hohe Beamte, Schulmeister und Schriftsteller, die wir ständig über Ökologie, den Säuregehalt des Regens, das Abholzen tropischer Regenwälder, Hunger und Korruption in Regionen weit weg von unserer Bettkante sprechen, wie viel Hingabe, Anstrengung und Eifer es tatsächlich braucht, um unsere Welt zugrunde zu richten? Suchen Sie den letzten Hering im verschmutzten Ozean! Fahren Sie mal bei Eiseskälte raus und fangen bei diesem Sauwetter einen Hering im großen, schmutzigen Meer. Es gibt nicht mehr so viele Heringe, doch Sie wollen einen, schön geputzt und mit Zwiebeln dazu, aber bitte sehr, Herr Lehrer! Nehmen Sie sich ein Beispiel an dem Fischer und jammern Sie nicht rum. Weitere Meinungen werde ich nicht kundtun. Das Seltsame ist, dass ich zwar immer wieder eine Geschichte schreiben kann, aber nie wirklich eine Meinung habe. Ich bin ebenso für wie gegen die Stationierung von Atomraketen in den Niederlanden. (Hat sich erledigt, jetzt, als ich diesen Text korrigiere, höre ich, dass die Bomben längst um den Mond kreisen und sofort auf Moskau, Schoonhoven oder Süd-Truro abgeworfen werden können, ohne dass ein Radar sie entdecken würde, am Boden, über dem Meer oder in der Luft). Aber ich habe eine Riesenangst vor dem Kommunismus. Nehmen Sie Russland mal ohne Marxismus-Leninismus: keine verregneten Feiertage, keine gigantischen Festivitäten mit Millionen Bürgern wie Ihnen und mir, die mit Schaufeln, Harken und Spaten über ihren sklavischen Schultern an einem Irren vorbeimarschieren, keine Lautsprecher, die nicht unentwegt ohrenbetäubend dieselbe unausweichliche Stimme verbreiten, keine geheime Trauer in jeder zweiten Familie, keine Wahl von Foltermethoden, keine Abstumpfung des Geistes, keine kolossalen Porträts ... nichts. Keine Meinung von mir, aber die von Nabokov, ich weiß nicht genau, wo es steht, denn einige Stellen aus dem Werk meiner Lieblingsschriftsteller kenne ich auswendig.

Das schwarze Reißbrett liegt auf einem alten Schreibtisch. Auch diesen Schreibtisch kenne ich schon mein Leben lang, es ist der Schreibtisch meines Vaters, der ein lieber, nachdenklicher, manchmal aber auch ruheloser Mann war. Hier hat er seine Geheimnisse verwahrt, wenn er denn welche hatte, hier bewahrte er wichtige Papiere und Geld auf. In seiner Freizeit tippte er auf diesem Schreibtisch immer an einer Olivetti-Maschine Predigten meiner Onkels ins Reine, die Pastoren waren, und auch die Bücher meiner Tanten, die eine, Jacoba M. Vreugdenhil, Schwester meiner Mutter, schrieb reformierte Bücher oder Bücher für Reformierte, die andere, ebenfalls eine Schwester meiner Mutter, Annie Vreugdenhil, verfasste pädagogische Werke. Ich besitze diese Olivetti noch, sie steht hinter mir auf der Kommode, die voller Geschichten steckt. Manchmal, wenn ich etwas sehr Verträumtes schreiben möchte, ein bisschen in der Art von Bruno Schulz, nehme ich die Olivetti meines Vaters. Unsere Reise führt uns jetzt ein wenig nach links. Da steht ein rotes Buch, etwas Unbedeutendes, ein Buch, von dem Sie wahrscheinlich noch nie gehört haben. Während des Krieges, im Jahr 1944, als ich am 23. Mai fünf Jahre alt wurde, schenkte mir mein Onkel Simon ein Büchlein mit dem Titel *Die Ehre der Flagge*. Ich konnte überhaupt noch nicht lesen, und die Ehre der Fahne interessierte mich nicht die Bohne, solange ich nur Schokolade und Spielzeug von deutschen Soldaten kriegte. Ich war also ein junger Kollaborateur: Klammheimlich kroch ich auf den Schoß der Soldaten oder des Obersten, ich hatte keine Angst vor ihren Helmen, Granaten und Gewehren, ich lernte Deutsch und knabberte meine Süßigkeiten und meine Schokolade. Die Männer, die es so weit weg von Muttern schwer hatten, diese deutschen Soldaten, die auch nur herbefohlen waren, verhätschelten mich und gaben mir Fleischstücke aus der Dose und Spielzeug. Aber mein Onkel dachte an die glorreichen Waffengänge unserer Armee in der Vergangenheit und hoffte, dass unsere Soldaten die Deutschen doch noch schlagen würden. Vielleicht ahnte er etwas von meinem kindlichen, unschuldigen Verrat, für den ich mich später im Leben immer öfter geschämt habe (ich sehe ein bisschen wie ein Jude aus, und damals wurden Jungs, die ebenfalls dunkles

Haar und braune Augen und eine Hakennase, einen etwas sinnlichen und feingeformten Mund hatten, zu Tausenden in deutschen und polnischen Lagern ums Leben gebracht), und deshalb schenkte er mir das rote Büchlein *Die Ehre der Flagge*, in dem van Speyks Heldentat im niederländisch-belgischen Krieg beschrieben wird – er hatte sein Schiff in die Luft gejagt, um es den Belgiern mal zu zeigen, und dabei sein Leben gelassen (bei einem Freund sah ich einmal ein sehr seltsames Porträt von van Speyk: Er war quicklebendig dargestellt mit den ihm posthum an die Brust gehefteten Medaillen, Orden und Ehrenabzeichen). Das Buch beginnt folgendermaßen, ein wenig salbungsvoll und altmodisch: »Ich weiß es noch wie heute, als wäre es erst gestern gewesen, wie Vater eines Samstagabends im August 1830 mit einem sorgenvollen Gesicht nach Hause kam. Er war beim Barbier gewesen, und was er in diesem Laden gehört hatte, verhieß nichts Gutes. ›Das könnte Krieg bedeuten‹, sagte er. Und als wir fragten, mit wem, lautete die Antwort: ›Mit den Belgiern!‹ ›So weit wird es sicher nicht kommen‹, sagte meine Mutter, ›wir wissen zwar schon lange, dass man mit unseren Nachbarn da irgendwo im Süden nicht zurechtkommt, aber ich glaube eher, dass ihr euch da am Samstagabend in diesem Barbierladen ein bisschen zu sehr in Rage redet.‹ ›Ich hoffe, du hast Recht, und Everts, der Barbier, hat Unrecht, obwohl er mehr weiß als wir, denn er liest Zeitung und hat gesagt, dass es diese Woche in Brüssel einen Aufstand gab‹, antwortete mein Vater.« Sehr nett und sentimental erzählt der Schriftsteller auf Dutzenden Seiten, wie wir diese komischen Belgier bis auf die Knochen blamiert haben. Es ist ein Buch, das den typischen Geschmack des niederländischen Lesers widerspiegelt. Ein beliebiger Arbeiter in Roelofarendsveen, ein Bauer in Uithoorn wird *Die Ehre der Flagge* von diesem van den Akker viel schöner finden als die Bücher von Multatuli, Elsschot, Hermans oder van het Reve. Mein Onkel Simon hat mir das Buch 1944 geschenkt, als der Hungerwinter im Anzug war, und hineingeschrieben: »Für Jacobus Martinus Arend Biesheuvel zum fünften Geburtstag von seinem Onkel: B. S. Vreugdenhil, Schiedam, 23. Mai 1944.« Ich habe das Buch erst mit acht Jahren angefangen zu lesen, als der Krieg schon lange vorbei war, und ich fand es nicht sonderlich spannend. Trotzdem habe ich es lange Zeit als Kuriosität aufbewahrt. Irgendwann, als ich vierunddreißig war, habe ich es weggegeben, was ich ein oder zwei Jahre später bereute, denn ich vermisste das Buch. War es nicht, trotz aller Trivialität, das wichtigste Buch, das ich im Haus gehabt hatte? Ein Buch aus meiner frühesten Kindheit? Ich erzählte das im Spaß dem Schriftsteller Frits B. Hotz, der anscheinend ein gutes Näschen dafür hatte, dass ich dieses Buch jetzt suchte, denn er schnüffelte überall herum und fand es schließlich in einem Antiquariat, ich hätte es unter Zehntausenden anderen antiquarischen Büchern nie im Leben wiedererkannt, ich erkenne nicht einmal meine eigenen Bücher in einer Buchhandlung. Jetzt habe ich es wieder, es liegt vor mir, und neben Onkel Simons Widmung vorne drin steht: »Wiedergefunden bei Sweris von Hotz: Bitte zurück an Maarten Biesheuvel in Oegstgeest, am 14.11.1978«, drunter die Unterschrift von Hotz. Ich erinnere mich an den Abend, an dem ich als kleiner Junge dieses Buch bekam, die Fenster waren verdunkelt, im Wohnzimmer brannten Kerzen, wir tranken Tee, und meine Mutter hatte sogar echte Kekse gebacken. Mein Vater saß am Klavier und blätterte in einem Liederbuch, und Onkel Simon erzählte sehr vergnügt irgendetwas. Ich habe nur ein einziges Foto mit der kompletten Familie im Wohnzimmer, die sich rund ums Klavier aufgestellt hat, aus dieser Zeit gefunden. Meine Mutter hat vielleicht einen Psalm darauf gespielt, oder (sehr frech) den Wilhelmus, dann aber sehr leise. Ich habe das Bild in meinem Zimmer, jetzt, da ich erwachsen bin, neben die Porträts von Rudi Fuchs, Maarten 't Hart, Rudy Kousbroek, Karel van het Reve und Renate Rubinstein an die Wand gepinnt. *Die Ehre der Flagge* habe ich wiedergekriegt, wo aber bleiben die hölzerne Pferdekutsche, der deutsche Frontwagen aus Holz und der eiserne Hebekran, der gelb angestrichen war? Man sagt: »Nichts verschwindet ganz und gar«, also, wo ist die Asche des Krans aus meiner Kindheit? Das wüsste ich nur zu gerne, aber ich werde es wohl nie herausfinden.

Jetzt schaue ich zur Seite, und mein Blick fällt auf ein Bild von Warschau im Jahr 1945, die ganze Stadt liegt in Schutt und Asche, es ist Winter und sicher eiskalt, im Vordergrund fährt eine Lokomotive durch eine schneebedeckte Fläche. Ich finde es irritierend und unbegreiflich, dass ich es gewesen sein soll, der damals in Schiedam mein kleines Gebet vor dem Schlafengehen sprach. Warum habe ich als Fünfjähriger nicht zu Allah im Bagdad des Jahres 1794 gebetet? Existiere ich tatsächlich, oder komme ich heute Morgen ganz neu in eine brandneue Welt, freilich mit all meinen Erinnerungen im Kopf, mit den Bildern meiner Freunde, die ich mir vor mein geistiges Auge holen kann, werde ich jetzt erst geboren? Ohne Vater und Mutter, denn die sind seit Jahren tot. Es ist warm in meinem Zimmer, warm und feucht, es ist mitten in der Nacht, das Fenster steht sperrangelweit auf, und das Fliegenfenster hat ein Loch. Ich höre draußen einen Schwarm Mücken summen, und die Krähen krächzen noch leise in den hohen Bäumen, die gegenüber meinem Haus stehen. Wenn ich zu Bett gehe, wate ich durch den Himmel, die Sterne sind da, die Sterne sind nicht da, das Universum ist endlich, und es ist unendlich, Gott existiert und existiert nicht. Ein Zimmer in der Dunkelheit der Nacht, ein Studierzimmer, in dem nur ein Lichtlein brennt, ein Zimmer, in dem ein Mann, auf einer alten Schreibmaschine tippend, sein Zimmer beschreibt, das könnte die ganze Welt sein. Mein Wecker zeigt jetzt zwei Uhr; Elektrizität, Uhren, Wasser, das Reißbrett, die Stifte, meine Gedanken, das Geratter der Maschine, die lastende Stille der Nacht, ist das alles nicht ein einziges Wunder? Ich verstehe es nicht und greife mir fassungslos an den Kopf. Massengräber in Kambodscha, Kuckucksuhren in Friesland, heulende Züge in Japan, Tiefs bei Wetter und Verstand, die Tausende von Büchern, die andere bereits für mich geschrieben haben, Santiago, Athen, Bagdad, Sydney, New York, das alles ist doch unwirklich, besonders für einen, der jetzt schon seit Stunden auf Reise durch sein Zimmer ist. Überrascht, erstaunt, verwirrt gehe ich durchs Leben. Wenn ich hier über mein eigenes Zimmer nachgrüble, könnte ich aus lauter Angst vor dem Grausligen des Daseins wahnsinniger werden als jeder Referendar aus Alkmaar, der nach Afrika reist und auf dem Tafelberg steht. Das Einzige, was der vielleicht denkt, ist: Hübsche Aussicht eigentlich, und es ist schönes Wetter, zum Glück gibt's in einer Stunde was Warmes zu essen …

An Sommerabenden stehe ich oft am offenen Fenster, sehe den Menschen hinterher, die vorbeilaufen; vor einem Jahr lag ein junger Mann direkt meinem Haus gegenüber auf den Straßensteinen und bastelte an einem Auto herum. Selbst durch dieses Fenster im ersten Stock hole ich mir noch Geschichten ins Zimmer. Ich rief ihm zu: »Sag mal, bist du nicht Maarten Bisschop?« »Ja«, antwortete er fröhlich. »Wenn du magst, kannst du gleich mal raufkommen, eine Zigarre rauchen und ein Glas Wodka trinken«, sagte ich. »Mach ich gerne«, sagte er, »ich komme gleich, die Scheißkarre kriege ich sowieso nicht hin.« (Ich habe eigentlich nur ein lächerlich kleines Fenster in meinem Zimmer, es ist einen Meter hoch und fünfzig Zentimeter breit. Da mein Zimmer nach Norden zeigt und vor dem Haus hohe Bäume stehen, wird es hier tagsüber allenfalls schummrig. Es ist ein Zimmer, in dem ich mich sehr wohlfühle, ich habe in meinem Leben fünf Zimmer gehabt, aber in diesem hier bin ich am glücklichsten, hier habe ich alles, was mir lieb und teuer ist, den Brautstrauß, die

Trockenblumen, Pin-ups, eine Schachtel, die neben Staub – eine Unze Staub! – Nägel und Schrauben enthält, die schon Jahrzehnte alt sind.) Sicher haben Sie noch immer keine Vorstellung, wie mein Zimmer aussieht? Stellen Sie es sich als ein von innen und außen braun gefärbtes Zelt vor, ich glaube, das ist vielleicht der schönste und beste Vergleich. Übrigens ist mein Zimmer aus Holz, und manchmal tropft an einem glutheißen Tag lauwarmes, klebriges Harz auf meine Hände und auf das Buch, das ich gerade lese, obwohl dieses Holz über sechzig Jahre alt ist! Hübsch eigentlich, oder? Holz lebt, Beton und Stein nicht. Ich habe immer schon in einem Holzhaus oder einer Holzmühle wohnen wollen. Aber nun wollen wir uns diesem Maarten Bisschop widmen. Drei Minuten, nachdem ich Maarten angesprochen hatte, klopfte er bei uns an die Tür, und Mikkie fing an zu bellen, denn wir haben keine Klingel, und ich würde auch keine mehr wollen. Eva war nicht zu Hause, und ich besah mir diesen Maarten ganz genau, er war ein etwa zweiundzwanzigjähriger junger Bursche mit einem freundlichen, aufrichtigen Gesicht. »Du wohnst doch am Rijndijk?«, fragte ich. »Ja«, sagte er, »wir wohnen da über der Methodistenkirche, wir sind auch in der Kirche, und ich wohne noch immer bei meinen Eltern.« »Sollen wir die Treppe raufgehen und uns in mein Zimmer setzen?«, fragte ich, »erst essen wir ein paar Stückchen Aal und trinken Wodka, dann schwatzen wir ein bisschen, denn Nachbarn sollen gut miteinander umgehen, und ich weiß so wenig über dich.« »Umso mehr weiß ich von dir«, sagte er, »bist du nicht Philosoph?« »Was verstehst du unter einem Philosophen?«, fragte ich. »Das ist jemand, der nicht viel tut und lieber herumsitzt und über die Rätsel des Lebens nachgrübelt ...«, sagte er zögernd, »wir finden es hier in der Nachbarschaft sehr gut, dass sich jetzt ein Philosoph niedergelassen hat, und ich wollte dir schon die ganze Zeit etwas geben.« »Aber Moment mal«, murmelte ich, »eigentlich bin ich Beamter an der Universität, mehr ist das nicht, und in meiner Freizeit schreibe ich auch schon mal eine kurze Geschichte.« »Nein, hier bist du der Philosoph«, beharrte er. »Ich habe es zufällig dabei.« Er kramte in seinen Taschen und durchwühlte seinen Blaumann, dann holte er schließlich ein kleines Statuettchen hervor, es bildete einen Denker mit einem Stab in der Hand nach, der auf einem Stuhl saß, er hatte einen langen Mantel an und einen Hut auf dem Kopf. Ich nehme an, dass die Statuette aus Elfenbein geschnitzt ist. Sie steht jetzt schon seit einem Jahr vor meiner Nase auf dem Schreibtisch, und ich finde, es ist eine schöne Statue. »Meine Eltern haben gesagt, dass ich sie dir geben soll«, sagte er. »Merkwürdig«, sagte ich, »ich schätze mal, das ist Konfuzius, der berühmte Chinese, und das ist eine Statuette von ihm. Woher hast du die eigentlich?« »Ich war mal in einem Hotel in Aberdeen, wir waren mit der Marine da«, sagte er, »ich bin nämlich Matrose und will Unteroffizier werden, wir waren in Aberdeen, und da gab es einen Kongress von geflüchteten chinesischen Priestern, die alle in langen schwarzen Kutten durch die Stadt liefen, besonders nachts war es hübsch, die Männer anzusehen, denn dann trugen sie ihre Kapuze über dem Kopf, sie rauchen und trinken nicht, aber sie müssen furchtbar klug sein. Einer der Priester hatte ein dressiertes Ferkel dabei, ein schwarzes Ferkelchen, das Tier konnte durch einen brennenden Reifen springen. Man macht in der Marine so viel mit, wenn man nicht gerade Dienst am Kai schiebt. Ich habe mal lange mit einem der Priester gesprochen, wir saßen auf den Felsen am Meer. Er war Philosoph und hat mir um drei Uhr nachts, der Mond stand so schön über dem Meer, diese kleine Statue geschenkt. ›Finde einen geeigneten Kandidaten dafür, und dann gib sie ihm‹, hat er gesagt, und deshalb kriegst du sie jetzt.« »Na, dann vielen Dank«, sagte ich, und wir nahmen einander gegenüber Platz. Ich schenkte ihm ein Gläschen Wodka ein, ich habe vier Gläser in meinem Zimmer, kleine Gläser von meinem Vater mit einem hohen Sockel, ich habe sie gehegt und gepflegt, aber wenn Leute daraus trinken, sage ich ihnen immer, dass sie vorsichtig damit umgehen sollen, denn ich will nicht, dass sie zerbrechen, sie stehen normalerweise auf dem Bücherregal im Schatten einer Jugendstilschale, die ich einmal von Ethel Portnoy bekommen habe. Ich wollte den Aal für später aufheben und schnitt zunächst ein paar Stücke von einem alten Goudakäse für uns ab. Maarten wollte genau wissen, was ich denn so mache, und ich habe es ihm erklärt. »Nein, dann bist du vielleicht doch kein Philosoph«, sagte er, aber er wollte die Statue nicht zurückhaben. Er kommt jetzt öfter und hat immer eine lustige oder interessante Geschichte auf Lager. Er will immer in mein Zimmer, um nachzusehen, ob die Konfuzius-Statue noch auf meinem Schreibtisch steht. Hätte Konfuzius gewusst, dass er mit seinem Stuhl mal vierundneunzig Rädellöcher von meiner Mutter auf dem Reißbrett meines Vaters abdecken würde, hätte er sicher verwundert dreingeschaut. Eigentlich finde ich es auch seltsam; doch wenn man darüber nachdenkt, ist eigentlich alles seltsam, alles, was man erlebt, ist ein großes Wunder. (Der Wecker tickt, ich sitze inmitten von Luft, in feuchter Luft und atme, die Maschine klappert, es ist Nacht, die Sonne geht ganz von selbst wieder auf, es ist alles ziemlich merkwürdig. Ich muss mal gerade einen Moment innehalten ..., mit Erstaunen habe ich die *Reise durch mein Zimmer* bis hierher noch einmal durchgelesen, und es ist erstaunlich, wie viel man über sein Zimmer erzählen kann). In meinem Zimmer hängen viele Bilder, da steht ein Schreibtisch, in einer Ecke stehen Kommoden, es gibt ein Holzbett und einen Rattantisch, auf dem ein Ventilator steht, und es gibt auch einen Bücherschrank mit vielen Büchern, meinen Lieblingsbüchern. Mein Auge fällt jetzt auf die Uhr dort links. Evas Vater hat sie früher getragen, aber nach seinem Tod habe ich sie bekommen, es ist eine sehr gute Uhr, sie ist automatisch, geht etwa eine halbe Minute am Tag nach und hat eine ganz kleine Datumsanzeige. Jedes Mal, wenn ich die Uhr sehe, muss ich wieder an Evas Vater denken. Deshalb wäre es mir noch lieber, wenn ich die Uhr meines Vaters tragen könnte, aber die habe ich nicht mehr, sie ist mir auf sehr ärgerliche Art und Weise abhanden gekommen; deshalb werde ich Ihnen jetzt die Geschichte der Uhr meines Vaters, meines leiblichen Vaters, erzählen.

Als Eva und ich achtundzwanzig Jahre alt waren, haben wir uns um zwei Waisenkinder gekümmert. Über das Mädchen will ich kein Wort verlieren, über den Jungen aber schon, denn es endete böse mit ihm, er sitzt jetzt im Gefängnis, und ich habe immer schon gesagt: »Dieser Junge ist für den Galgen oder das Rad bestimmt.« Wenn man in den ersten beiden Jahren des Lebens nicht die größtmögliche Aufmerksamkeit, Anteilnahme und Liebe von den Eltern erfährt, ist man eigentlich fürs ganze Leben ruiniert. Theo Bos war sieben Jahre alt, als wir uns seiner annahmen, er kam jedes Wochenende zu uns, und wir unternahmen oft Ausflüge mit ihm und dem Waisenmädchen. Ich erzählte ihm alles Mögliche; alles, was ich wusste, versuchte ich ihm zu erklären, die Phasen des Mondes, die Geschichte Alexanders des Großen, wie das Differenzialgetriebe im Auto funktioniert, die Erfindung der Pendeluhr, ich berichtete ihm von dem traurigen Los der Heizer und Trimmer auf den Dampfschiffen vergangener Tage, das alles erzählte ich ihm, und ich habe versucht, ihm Begriffe wie Mut, Charakter und gutes Gewissen beizubringen, aber schon frühzeitig schien er für meine Geschichten nur taube Ohren zu haben. Manchmal lag ein Reichstaler auf dem Klavier, auf der Ablage neben den Tasten, ein Reichstaler und ein bisschen Kleingeld, und immer, wenn Theo da gewesen war, war das Geld verschwunden. Wenn ich ihn fragte, ob er es gestohlen habe, wurde er nicht mal rot und leugnete. Er war ein schlechter, böser, wütender, antriebsloser Junge ohne jeden Ehrbegriff, dumm war er obendrein, aber ich machte mir Sorgen über sein Schicksal, weil ich wusste, dass seine Erziehung an allem schuld war. Ich dankte meinen Eltern, dass sie in den ersten beiden Jahren meines Lebens so gut zu mir gewesen sind. In diesen ersten beiden Jahren eines Menschenlebens kommt nämlich das Gehirn zur Reife, so kann man schlechte oder gute Gehirne bekommen, und das vergessen viele Eltern. Als Theo um die vierzehn war, verlor ich ihn aus den Augen, ich hörte nur manchmal von ihm durch einen Bewährungshelfer, den ich zufällig kannte. Mein Vater starb ein paar Jahre später an Diabetes. Er hat nicht einmal gewusst, dass er an dieser Krankheit litt, weil er nie zum Arzt ging. Mit vierundsiebzig wurde ihm auf einmal schwindelig, und drei Tage später war er tot. Ich möchte lieber nichts dazu sagen, es tut mir leid, dass ich meinen Vater kein einziges Mal zum Arzt geschickt habe, weil er eigentlich kerngesund zu sein schien: Ohne diesen Diabetes wäre er jetzt vierundachtzig, wie schön wäre es, wenn ich hier in meinem Zimmer noch einmal ein Schwätzchen mit ihm halten könnte. Ich habe nie sonderlich viel mit meinem Vater gesprochen, manchmal habe ich den Eindruck, als hätten alle Männer das Gefühl, nie richtig mit ihrem Vater gesprochen zu haben, aber das begreifen sie erst nach seinem Tod. Ich erinnere mich an einen klitzekleinen Vorfall: Ein Jahr vor seinem Tod war ich bei Vater und Mutter im Altenheim in Kethel (ein Dorf zwischen Schiedam und Delft) zu Besuch. Als ich sagte, dass ich wieder nach Leiden zurück wollte, küsste mich meine Mutter, und mein Vater wollte mich zum Bus bringen. Es war eine Sommernacht, eine klare Nacht, und man konnte Tausende von Sternen sehen. An der Bushaltestelle gab mir mein Vater ein Blechkistchen, in dem zehn Zigarren lagen, und unten drin war auch noch ein Fünfundzwanzig-Gulden-Schein, den ich erst im Zug entdeckte. Dabei hatte mein Vater selbst sehr wenig Geld. Mit dem Geld habe ich zwei Bücher gekauft, an denen ich mich noch immer erfreue. Ich stand in dieser klaren Nacht neben meinem Vater und schaute nach oben. Dann fragte ich: »Papa, wie ist das denn mit all diesen Sternen? Sitzt da Gott dahinter?« »Ich weiß es auch nicht, mein Junge«, sagte er, »ich weiß es wirklich nicht.« Eine ganze Weile herrschte Stille. Dann schob er sich die Brille auf die Stirn und wischte sich die Augen mit einem großen weißen Taschentuch. Nichts im Leben hatte mich bisher so gerührt. Als er dann im Sarg lag, hatte mein Vater seine Uhr noch um, ich nahm sie ihm ab und band sie um mein Handgelenk. Fortan trage ich die Zeit meines Vaters bei mir, dachte ich. Es war eine sehr alte und wertlose Uhr, und sie ging immer schlechter, aber ich behielt sie aus Pietätsgründen. Meine ersten beiden Bücher habe ich geschrieben, als ich noch in Delft arbeitete. Als ich eine Stelle im Friedenspalast bekam, blieb mir nicht mehr viel Zeit zum Schreiben. Da ich mit meinen Büchern ganz ordentlich Geld verdiente, meinte ich, es wäre besser, wenn ich mich für die Freiheit entscheiden und den ganzen Tag ans Schreiben setzen würde. Das habe ich zwei

Jahre lang versucht, und es wurde die traurigste Zeit meines Lebens. Ich schrieb ein völlig unmögliches Buch, *Het nut van de wereld* (*Der Nutzen der Welt*), und ich bin fast verrückt geworden, als es erschien und mir klar wurde, dass eine irreparable Katastrophe passiert war: Ich hatte mich mit losem Geschwätz, dem Gegacker eines dummen Huhns, lächerlich gemacht. Deshalb habe ich wieder nach einer festen Stelle gesucht, aber nichts nach meinem Geschmack gefunden, und deshalb bin ich zur Berufsberatung gegangen, wo man herausfand, dass ich Talent zum Uhrmacher hätte. Ich wollte tatsächlich gern handwerklich arbeiten. In unserer Gegend gab es eine Reparaturwerkstatt für Zaanse-Uhren, Wecker und Armbanduhren. Da konnte ich ohne Bezahlung eine Lehre beginnen. Ich habe zwei Monate lang gearbeitet und meine ganze Zeit darauf verwendet, Vaters Uhr zu reparieren. Das zweite Rädchen war gebrochen, hier und da fehlte ein Zähnchen, und wie ein echter Feinmechaniker bastelte ich an einem neuen zweiten Rädchen herum. Es hat mich unendlich viel Mühe gekostet, aber ich war überglücklich, als ich sah, dass die Uhr wieder präzise lief, ich hatte sie komplett gereinigt und auch eine neue Unruhe eingesetzt. Die Unruhe einer alten Uhr ist so etwas wie das Herz eines Kolibris, etwas Zarteres und Zerbrechlicheres kann man sich kaum vorstellen. Zum Glück bekam ich eine Stelle im Akademischen Krankenhaus in Leiden und legte während meiner Arbeitszeit immer die Uhr vor mir ab. Sie ging wirklich genau. Naja, vielleicht ging sie im Monat eine Minute vor, aber das ist eine

Abweichung, die man vernachlässigen kann. Einmal waren wir im Urlaub in Zeeland, und ich vermisste die Uhr dort sehr, weil ich sie zu Hause hatte liegen lassen. An einem garstigen Novembertag fuhr ich deshalb von Kamperland (Noord-Beveland) nach Leiden zurück in mein Haus. Ich habe alle möglichen Plätze abgesucht, konnte die Uhr jedoch nicht finden. Mir fiel zudem auf, dass auch jede Menge Schmuck von Eva verschwunden war. Da klopfte der Nachbar ans Fenster und sagte: »Gestern wollte ein Junge zu dir, der behauptet hat, dass er ein Freund von dir wäre, und als er mir sagte, er sei Theo Bos, habe ich mich an ihn erinnert. Er hatte keinen Platz zum Schlafen, darum wollte er sich bei dir ins Bett legen. Ich habe ihm das Haus aufgeschlossen, aber zu meinem Erstaunen war er schon eine Stunde später wieder verschwunden.« Ich wurde wütend, suchte nach Theos Adresse und fand sie mit einiger Mühe. »Dass du Geld gestohlen hast, finde ich nicht so schlimm, aber Eva wird sehr traurig sein, dass du ihren Schmuck mitgenommen hast, doch das Dümmste, was du überhaupt tun konntest, war, meine Uhr mitgehen zu lassen. Mein lieber Junge, du hast überhaupt keine Vorstellung davon, was mir dieses Ding bedeutet hat, du verstehst nicht, welchen Liebhaberwert es für mich besitzt«, schrieb ich ihm. Ein paar Wochen später kriegte ich einen kurzen Brief zurück. »Es tut mir leid, ich habe die Sachen gut verkaufen können, aber die Uhr war wertlos, sie hatte keinen Liebhaberwert, was soll das denn überhaupt sein? Die Käufer wollten mir nicht mal einen Gulden dafür geben, und deshalb habe ich sie von der Brücke in die Waal geschmissen. Grüße von Theo. Ich komme noch mal vorbei und hoffe, euch dann zu Hause zu sehen.« Ein irrer Brief. Ich habe Theo nie wiedergesehen. Auch wenn ich viel Mitleid mit dem Jungen habe, die Uhr meines Vaters ist futsch.

Pffft, weg mit diesen Gedanken! Hey, da sehe ich neben einem Stapel leeren Papiers auf meinem Schreibtisch eine Streichholzschachtel liegen, und die bringt mich schon zum Nächsten: Es handelt sich sowohl um eine ganz gewöhnliche wie auch um eine ganz außergewöhnliche Schachtel, aber ich mag jetzt noch nicht ausplaudern, was es genau mit dieser Schachtel auf sich hat. Es ist mir einmal passiert, ich weiß nicht mehr, wann, aber wenn ich raten müsste, würde ich darauf tippen, dass es im Sommer 1976 gewesen ist, als ich mit Eva bei einer unserer Freundinnen in einem schönen schlichten Haus in einem hübschen Dorf wohnte, von wo aus man wunderbare Spaziergänge in einer stillen Landschaft machen konnte, in Mittelengland, der Weiler war zwanzig Kilometer von Leicester entfernt, und ich war damals schwer depressiv, der Schub hielt bereits Monate an, aber Eva hoffte, dass sich meine Stimmung beim Wandern in einer fast autofreien Landschaft bessern würde. An einem sonnigen Tag hatte ich keine Lust, rauszugehen. Ich begann im Bücherschrank von Lini, einer Holländerin mit dem Nachnamen ten Have (sie hatte das Familienwappen im Flur hängen, und da stand der Name auch, manchmal kamen Engländer herein und sahen einigermaßen fassungslos auf den Text. »Ten Have«, murmelten sie, »indeed … but how many have not?«, dann brüllte Lini vor Lachen), und fand nach langer Suche Flauberts *L'Education sentimental* in einer Prisma-Ausgabe, eine schöne Übersetzung, aber mit einem schwachsinnigen Nachwort. Ich hatte monatelang nichts mehr gelesen, also setzte ich mich im Garten auf einen bequemen Stuhl in den Schatten einer großen Kastanie, es war warm, und ich las, tatsächlich, ich las wieder!, und konnte meine Gedanken beieinanderhalten. Als ich das Buch aus hatte, wurde ich allerdings noch viel trauriger und betrübter, weil ich mir dachte: »Was haben meine Bemühungen überhaupt für einen Sinn? So ein Buch könnte ich niemals schreiben!« Deshalb legte ich mich ins Bett und kam eine ganze Woche lang nicht mehr heraus. Jetzt muss ich etwas ganz Schreckliches zugeben: Ich wollte mich eigentlich umbringen, Lini und Eva saßen ratlos daneben und berieten im Wohnzimmer über die Situation, während ich ins Bett kotzte und schwitzte. Eva beschloss, dass wir zurück nach Hause fahren müssten. Um mich etwas abzulenken und weil ich das Meer so liebe, beschlossen wir, mit dem Schiff von Great Yarmouth (von wo Nelson einst mit seiner Kriegsflotte lossegelte, um die Niederländer bei Kamperduin zu schlagen, ein Ereignis, das in den Geschichtsbüchern an unseren Schulen geflissentlich unterschlagen wird) nach Scheveningen zu fahren. Zuerst mussten wir mit dem Zug von Kibworth Beauchamp (sprich: Kippwörs Bietschöm) über Norwich an den Küstenort. Unterwegs wurde ich kränker und kränker, ständig musste ich mich übergeben und wollte sogar aus dem Zug springen. Eva sagte zu mir: »Denk doch mal an Flaubert, du hattest doch so viel Freude an dem Buch, nicht wahr?« Aber ich begann nur zu weinen: Wie konnte Eva denn nicht verstehen, dass genau das der Grund war. Sie versteht mich sehr oft gut, eigentlich immer, diesmal aber nicht. »Ich habe mich schon gewundert, dass du ein so dickes Buch lesen konntest, vierhundertfünfzig Seiten, klein gedruckt, ein ziemlich schwieriges Buch«, sagte sie, »und ich war froh und habe gedacht, dass es dir besser ginge.« Ich schluckte und sagte nichts, schaute nach draußen, wo ich nichts außer Blumenkohlfeldern sah, Blumenkohl von den Schienen bis zum Horizont, links und rechts, es war zum Verrücktwerden. Angst! Panik! Todestrieb! Mindestens dreißig Kilometer fuhren wir durch diesen Blumenkohl, während ich im Zug in ein großes Handtuch kotzte, das Eva ausgebreitet hatte, weil sie nicht wollte, dass ich den Zug dreckig machte. Ein altes Mütterchen kam zu uns, es hatte ein freundliches Gesicht, legte mir eine Hand auf die Schulter und murmelte Eva zu: »Schade um das Handtuch.« Zu den anderen Passagieren sagte sie: »Sick foreigner, why did not ee staaj home, I never seen somebody vomiting in the trajn, poor boy.« Ich wollte zur Toilette, um mir das Herz zu durchbohren, aber genau in diesem Moment veränderte sich die Landschaft: Wir glitten, die Dampflok schwang ihre Kolbenstangen wie Ellbogen, durch einen Wald, einen ganzen Wald aus Pappelbäumen, Tausende von hohen Bäumen und alle ordentlich in Reih' und Glied, und als wir mitten in diesem Wald waren, erblickte ich ein großes weißes Schild an zwei Pfählen, auf dem in schwarzen Buchstaben stand: »Pappelholz für ›British Matches‹«. Knapp hundert Meter weiter sah ich einen durch den Zug aufgeschreckten Eichelhäher hochfliegen, meinen Lieblingsvogel, ich sah ihn im Dämmer des Waldes verschwinden, bildete mir aber ein, ich würde erkennen, wie er sich irgendwo auf dem höchsten Ast eines Baumes niederließ. Ich dachte an das Holz, das von den Krallen des Vogels umklammert wurde, und überlegte mir: Aus diesem Holz sollen Streichhölzer gemacht werden, auch aus dem Holz, auf dem der Eichelhäher jetzt sitzt, vielleicht werde ich in acht Jahren sehr glücklich sein und mir eine Pfeife anzünden, und wer weiß, vielleicht mache ich das mit genau einem dieser Streichhölzer, außerdem geht eine Depression immer vorbei, ich darf nicht verzweifeln, irgendwann wird sich alles wieder einrenken, und ich werde glücklich leben können. Und dann soll Flaubert eben die Nachtigall sein und ich nur der Spatz, na und? Was wäre eine Welt ohne Spatzen ... die überall um einen herum tschilpen und zwitschern, man sieht sie zu Hunderten in der Stadt, und auf einer besonnten Terrasse in der Stadt sind sie so frech, sich die Kuchenkrümel vom Teller zu holen, aber wann sieht oder hört man schon eine Nachtigall? Das war völlig richtig gedacht, und ich habe das mit dem Selbstmord sein lassen, obwohl ich doch noch eine Zeit lang trübsinnig geblieben bin. Das alles ist ewig her, und im Moment fühle ich mich quicklebendig, ich bin fassungslos über das Elend in der Welt und ich bestaune alles Schöne, ich bin oft tief gerührt, aber solange ich in meinem Zimmer sitzen und lesen kann, bin ich vor allem zufrieden und glücklich. Schreiben ist eigentlich ein Abfallprodukt einer Beschäftigung namens Lesen, Schreiben hält ab, denn solange man tippt, kann man nicht lesen, und ehrlich gesagt, finde ich Lesen viel angenehmer als etwas zu erschaffen. Und ist es nicht wahr, was Jerzy Lec sagt: »Manchmal muss man verstummen, um erhört zu werden.« (Aus: *Unfrisierte Gedanken*, ein Buch voller Aphorismen, eines meiner Lieblingsbücher. Einer der lustigsten ist, wie ich finde, – vor allem für Christen: »Schade, dass man ins Paradies mit einem Leichenwagen fährt.«) Vor ein oder zwei Tagen traf ich auf meiner Arbeit einen Arzt, der an einem Kongress von Herzchirurgen in Edinburgh teilgenommen hatte, wir kamen ins Gespräch über die schöne Natur in Schottland, und wir steckten uns eine Pfeife an. Er gab mir Streichhölzer, und diese Streichhölzer liegen jetzt auf dem Schreibtisch vor mir, das Schächtelchen, das ich gesehen habe, und was steht drauf? »British Matches«! Alles ist möglich, vielleicht hat dieser Eichelhäher genau auf dem Holz des Streichhölzchens gesessen, mit dem ich jetzt meine Pfeife anzünde. (Ich warte einen Moment und drehe eine Runde durch mein Zimmer, um zu sehen, was es da noch alles gibt, das ich Ihnen zeigen könnte. Ich sollte jetzt ein paar Seiten frei lassen, das wäre für die Zeit, in der ich meine Pfeife geraucht habe …

»Wie das duftet!«

Ich habe die Pfeife weggelegt und sitze wieder auf meinem Stuhl.) »Wie das duftet!«, wollen Sie nicht so lange herumtrödeln! Der Bus fährt ab! Vermissen Sie nicht Ihren Pyjama? Dann schlafen Sie heute Nacht eben nackt. Wir reisen nun zu einem kleinen Objekt, das schräg neben meiner Maschine auf dem Schreibtisch steht, es ist eine kleine Halbkugel aus Plastik, das Ding steht mit seiner flachen Seite auf der schwarzen Tischplatte, die Halbkugel ist fast vollständig mit Wasser gefüllt, an der Oberseite erkennt man eine Luftblase von einem Zentimeter Durchmesser. In diesem Wasser sitzt Marilyn Monroe, sie ist ganz klein und sieht genauso wie der Filmstar aus, sie sitzt auf einem schillernden Strandball, und zu ihren Füßen am Strand liegt ein Segelboot mit Kindern, ja, sie sitzt am Strand, trägt hochhackige Schuhe und einen einteiligen Badeanzug, hinter ihr erstreckt sich das Meer bis zum Horizont, und darüber strahlt ein herrlich blauer Himmel. Wie einsam diese Frau ist! Da ist sie nun vollständig unter Wasser. Wäre sie nur eine Freundin von Eva gewesen und hätte nie angefangen, Filme zu drehen, ich würde wetten, dass sie noch lebte … Man kann das Ding schütteln, und der Sand, auf dem die Füße des Filmstars, der Strandball und das Segelschiff ruhen, verwandelt sich in lauter weiße Flocken, Schneeflocken, es entsteht ein einziger Wirbel, die Ruhe ist gestört, schnell stellt man das Ding wieder hin und sieht zwölf Sekunden lang zu, wie es auf Marilyn schneit. An der Unterseite steht denn auch: »Marilyn im Schnee« (»Made in Japan«). Ich habe das Ding von einer guten Freundin bekommen, nämlich von Charlotte Mutsaers, der Frau des berühmten Fußballspielers Jan Fontijn. Als ich mal mit ihnen auf der

Insel Schiermonnikoog Urlaub machte, haben wir da den Friedhof für die an Land Gespülten und Gefallenen besucht. Herr van der Werff, der dort während des Krieges ein großes Hotel betrieb, war eigentlich der ungekrönte König der Insel und zwang die Besatzer, die angeschwemmten Leichen mit militärischen Ehren zu bestatten; viele englische Flieger liegen auf diesem Friedhof. Es gibt ein Foto, auf dem man sieht, wie die Deutschen einen englischen Offizier begraben, sie schossen Salut über dem Grab und der Sarg war aus Mahagoni – so etwas hat es nicht oft gegeben. Herr van der Werff ist nun auch tot und liegt zu Häupten seiner Deutschen, der Ertrunkenen und Engländer. Wir besuchten diesen Friedhof, und es ging mir sehr zu Herzen, er liegt in den Dünen zwischen niedrigem Gesträuch, und es regnete den ganzen Tag. Jetzt würde ich Ihnen gern etwas erzählen, kann es aber nicht, weil es mir zu nahe geht. Es hat mit meiner großen Liebe zu Schiermonnikoog zu tun, und damit verrate ich keine Geheimnisse. Also gut: Ich möchte die Insel besitzen! Charlotte, Jan, Eva und ich spazierten langsam im Regen zwischen den Grabsteinen dieses Friedhofs umher. Wir sollten all den toten Soldaten für den Frieden danken, den wir jetzt haben. Wie viele Tausende von Soldaten sind in den letzten hundert Jahren gestorben, damit ich ruhig und friedlich in meinem Zimmer sitzen kann? Ich habe es ganz sicher nicht verdient, ihr Soldaten! Ihr mit euren klaffenden Wunden, eurem zitternden, von Mücken und Fliegen bedeckten Fleisch, die ihr auf dem Schlachtfeld krepiert seid, du Soldat, der du deine

Eingeweide wie einen Beiwagen vor dir hergetragen hast, bevor du schließlich im Sand verreckt bist; ich danke Ihnen, meine Herren Frontärzte, die manchmal vier Tage und Nächte hintereinander operiert und amputiert haben, und das meist unter den primitivsten Umständen. (Sand, Staub, Mücken, im Wind flatternde Zeltbahn, Kanonendonner im Hintergrund, rollende, grollende Panzer, brüllende Flugzeuge, das Donnern der Bomben, die Explosionen in der Ferne und ab und zu das Sirenensignal: »Zu unsicher …«, »Verdammt, nein Colonel, was glauben Sie eigentlich? Ich werde weiter operieren, hier liegen noch dreiundzwanzig Männer, die blutend, sterbend vor Schmerzen schreien und auf mich warten, vielleicht kann ich drei von ihnen noch retten, aber nicht, wenn ich mit Ihnen eine Zigarre rauchen und ein Glas Whisky im sicheren Bunker trinken gehe …«) Ich habe es nicht verdient. Sicher, ich habe Glück, aber das ist sehr teuer erkauft. Was für ein Schmerz, welche Verirrung des Verstandes, was für ein Wahnsinn! Auch deshalb wäre es schauderhaft gewesen, in diesem englischen Zug nach Great Yarmouth Selbstmord zu begehen. Es wäre der reinste Undank gewesen. Englische, russische, polnische und amerikanische Soldaten, ihr würdet euch im Grab umdrehen, wenn ihr vernähmt, dass sich Maarten B. 1976 mitten im tiefsten Frieden das Leben nahm, weil er nicht an Flaubert heranreichte, weil er unter einer Depression litt, die das Ergebnis eines überspannten Lebenswillens war. Es wurde einmal ein Fest bei mir zu Hause gefeiert, um meinen Geburtstag zu begehen. Eine ziemliche Anzahl an Gästen war erschienen, die Gespräche brandeten von links nach rechts durch den Salon, Rauchschwaden, fallende und zerbrechende Gläser, Tischgäste, lachlustige Leute … es wurde mir zu viel, und ich zog mich für eine halbe Stunde in mein Zimmer zurück, legte mich einen Moment aufs Bett und drohte gerade, ein bisschen wegzunicken, während ich direkt unter mir den Radau von mindestens achtzig aufgekratzten und freundlichen Menschen hörte, die miteinander plauderten, als leise an meine Tür geklopft wurde. Es war Charlotte. »Ich habe noch was für dich«, sagte sie freundlich und gab mir dieses kleine Ding, diese halbe durchsichtige Kugel voller Wasser und Marilyn. »Du kannst sie im Schnee sitzen lassen«, sagte sie und zeigte es mir, indem sie ihre rechte Hand schüttelte. Ich küsste sie, um ihr zu danken, und seither steht das Ding auf meinem Schreibtisch. Es summten, als Charlotte mir das Ding schenkte, ein paar Mücken im Zimmer herum, und ich sagte, weil Charlotte mich fragte, ob sie mich nicht störten: »Ach Charlotte, du weißt doch, dass ich keinen Käfer, keine Fliege oder Mücke totmachen könnte. Ich finde es schon schrecklich, wenn ich nachts auf eine Schnecke trete und höre, wie ihr Haus zerknirscht.« »Heuchelei«, sagte sie mit Nachdruck. »Buddhistische Mönche tragen eine Maske vor ihrem Mund, damit auch nicht das kleinste Tierchen in ihrem Schlund zu Tode kommt, aber sie jagen Fische aufs Trockene und Ziegen und Schafe in einen Abgrund. ›Wir töten nicht‹, behaupten sie. Aber einen Tag später sagen sie: ›Da schau her, die Fische und die Ziegen und

Schafe sind ja tot, dann können wir sie auch essen.‹« Ich gab ihr Recht. Ich könnte niemals ein Pferd, eine Kuh oder ein Schwein schlachten, wobei man bis zu den Knöcheln in Eingeweiden und lauwarmem Blut watet und das Wimmern der antransportierten Tiere hören muss oder das Blöken der Lämmer, wenn sie ein Vorgefühl des Todes haben, aber wenn ich in einem Restaurant eine Lammbrust auf der Speisekarte stehen sehe, dann bestelle ich die schon. Ich bin ein elendiger Schuft. Zwei Dinge müsste ich lernen: nie wieder rauchen und Vegetarier werden. Wim T. Schippers, der selbst Vegetarier ist, hat einmal ein Pflaster auf das Steak seines Nachbarn geklebt, der ihn höchst erstaunt ansah. »Vielleicht schließt sich die Wunde ja wieder«, merkte Wim lächelnd an. Wird die Welt nicht eigentlich durch gottlose und unbedachte Sprüche wie: »Ein Herr geht nicht ins Schlachthaus« zugrunde gerichtet?

Ich habe den Klavierhocker vergessen, der kopfüber auf der Kommode steht. Er hat nur noch ein Bein, weil einmal jemand, der darauf saß und etwas von Schumann spielte, beim Schlussakkord so in die Tastatur hieb, dass sein Sitzfleisch in die Höhe schoss, worauf der Pianist mit einem Schlag wieder auf den Hocker sauste, der auf diese Weise zwei Beine verlor, denn die brachen ab. Wir lachten genüsslich, denn die Interpretation des Musikstücks war ausgezeichnet gewesen. Ich konnte mich von dem Hocker nicht trennen und habe ihn behalten. Als ich im Irrenhaus saß und hin und wieder nach Hause durfte, war ich manchmal in meinem Zimmer und drehte dieses eine Bein im Kreise, denn es ist ein höhenverstellbarer Hocker. Er stand ewig und drei Tage kopfüber auf dem Tisch, während ich nach den Sternen schaute. Ich nannte den Hocker das Steuer der Welt. »Der Kurs der Erde ist nicht gut«, sagte ich und gab dem einen Hockerbein Schwung, das sich dann quietschend um sein großes Gewinde drehte (es ist ein Hocker mit einem runden Sitz, mit dem er auf dem Tisch steht). In diesem Moment glaubte ich hoch und heilig daran, dass ich eingegriffen hatte und dass wir nun genau zwischen Mond und Sirius entlangsegeln würden, ich tat alles, um eine Kollision zwischen der Erde und den Sternen zu verhindern, denn ich war allmächtig ... komisch, dass ich so etwas annehmen konnte! Bleiben wir auf der Schreibtischplatte, da steht neben der griechischen Vase mit einem Strauß Trockenblumen, ursprünglich mal der Brautstrauß von Eva, ein weißes Hündchen mit einem Knochen im Maul, es ist ein Plastikdingens von einem Zentimeter Höhe, es ist Bobby aus dem Comic Tim und Struppi. Ich war einmal bei meinem Freund Peereboom in seinem Landhaus zu Besuch, das hundert Kilometer von Lyon entfernt mitten in der französischen Provence liegt. Das Haus, in dem er seine Ferien verbrachte, war eine Art Schloss, von dem aus man schöne Spaziergänge durch eine stille und sonnenüberflutete grüne Landschaft unternehmen konnte, Hügel, Wiesen, Felsgruppen, Schafe, Ziegen, Grillen, Bäche, Wälder, alles gab es da, nur keine Autos. Ich saß gern auf der Wiese vor dem Haus und las ein Buch, und wenn man hundert Meter hinunter-

ging, kam man an einen kühlen Bach mit dem klarsten, kältesten und trinkbarsten Wasser, das man sich nur vorstellen kann. Eines Tages war ich stundenlang gewandert und in einer wahren Einöde gelandet. Ich kam zu einer Burgruine und sah, wie Mütter ihre kranken Kinder neunmal ins kalte Wasser eines klaren Teiches tunkten. Ich fragte, warum sie das täten, und ein Herr aus dem Elsass erzählte mir folgende Geschichte: »Hier in Dombes, es ist übrigens nicht weit von Neuville entfernt, falls Sie sich in der Gegend nicht auskennen, lebte in dieser Ruine, die früher ein prächtiges Schloss war, ein Adliger mit seiner Frau und seinem neugeborenen Sohn. Nun, eines schönen Tages waren die Eltern nicht zu Hause, sondern nur das Kindermädchen, aber es langweilte sich beim Aufpassen und Warten, und weil das Mädchen einen Liebhaber hatte, machte es sich ebenfalls davon. Dann geschah etwas Katastrophales: Eine Riesenschlange drang ins Haus ein und hatte sich schon aufgerichtet, um mit dem Maul an das Baby in der Wiege heranzukommen, der Giftzahn blinkte im Sonnenlicht, die gespaltene Zunge züngelte weit vor dem Maul, doch in diesem Augenblick stürzte der Windhund, der noch im Haus war, herein und fiel über die Schlange her. Es kam zu einem schrecklichen Kampf, bei dem die Wiege umkippte und der tapfere Hund übel zugerichtet wurde, aber schließlich gelang es ihm, die Schlange zu töten. Er schleppte das Biest nach draußen und legte sich neben die Wiege, um seine Wunden zu lecken. Da kam der Herr nach Hause, und wer wollte sein Entsetzen beschreiben, als er nicht seinen Sohn, sondern die blutige Schnauze des Windhundes erblickte; schnell zückte er sein Schwert und hieb den vermeintlichen Totbeißer, den Mörder, in zwei Teile. Kurz darauf jedoch wurde das lebendige Kind unter der Wiege und auch die tote Schlange auf dem Gehöft entdeckt. Der Schlossherr schlug sich vor den Kopf, nachdem er begriffen hatte, was wirklich geschehen war, schluchzend, voller Reue und mit Gewissensbissen im Herzen, begrub er seinen außerordentlich hingebungsvollen und treuen Hund und pflanzte Trauerweiden, Eichen und Pappeln um das Grab. Später verfiel die Burg zu einer Ruine, und die Umgebung wurde, wie Sie sehen können, zum Ödland. Aber die Erinnerung an den Windhund wurde lebendig gehalten: Die Bauern aus der Gegend pilgerten zum Grab und erzählten sich von wundersamen Heilungen, die dort stattgefunden haben sollten. Die Bauersfrauen begannen, ihre kranken Kinder an den heiligen Ort zu bringen, wo die Grabwächterin, ein altes Frauchen, das sich zwar mit der Geschichte, nicht aber mit Medizin auskannte, die Kinder einem komplizierten und barbarischen Ritual preisgab. Die kranken Kinder wurden erst neunmal ins Wasser getunkt, dann in einer Art Hängematte zwischen den Bäumen hin- und hergeschwenkt und sogar im Kreis herumgeschleudert, und nur durch die Zentrifugalkraft, die sie im Netz hielt, flogen sie nicht ins leere Universum, und schließlich wurden sie nackt an der Grabstelle zurückgelassen. Sie können sich vorstellen, dass die Kinder, die diese Marter, diese spartanische Behandlung überlebt haben, natürlich auch meist von ihrem Leiden genasen. So war es und ist es noch immer. Der Papst und seine Kardinäle und Bischöfe können nichts ausrichten, die Herren Ärzte kommen dagegen nicht an, all das geschieht im 20. Jahrhundert! Im Jahrhundert des Kosmopolitismus, der Mondflüge, des Computers und der Höhensonne.« »Aber das ist doch schrecklich«, sagte ich, doch sah ich mit eigenen Augen, wie die kranken Kinder aus der Gegend gemartert wurden. »Wie heißen Sie?«, fragte ich den Studenten. »Ich komme aus dem Elsass und weiß eine ganze Menge, ich habe viel studiert und bin jetzt auf dem Weg zum Geburtsort Alexanders des Großen«, sagte der Student, »denn ich will alles über den Mythos von Bucephalos, seinem Pferd, wissen. Mein Name ist Gerhard Joachim von Setten, ich sammle meine Impressionen auf dem Weg und veröffentliche merkwürdige Vorkommnisse dann in der Zeitung. Diese Geschichte hier werde ich wahrscheinlich in *Le Monde* drucken lassen, es muss etwas unternommen werden, denn die Bauern hier sind so stur und halsstarrig, aber jetzt muss ich weiter …«, er sprang auf seinen feurigen arabischen Hengst und preschte los, auf seinem Kompass sah er, wo Südosten war, er setzte mit seinem Pferd über Absperrungen, Zäune und tiefe Bäche: ein herrlicher Anblick! Bald hatte er den Horizont erreicht und war meinen Blicken entschwunden. »Bauern und Bäuerinnen«, sagte ich, »das dürft ihr nicht tun, wenn ihr so mit kranken Kindern umgeht, werden sie sterben, ich verbiete es euch, weil …« Weiter kam ich nicht mit meiner Rede, weil sie anfingen, Steine nach mir zu werfen. Stunden später kam ich nach Hause und erzählte John Peereboom die ganze Geschichte. »Das kann nicht sein«, sagte er, »das muss wieder einer von deinen Rasereianfällen gewesen sein, bist du sicher, dass dieser von Setten dir das erzählt hat? Ich habe tatsächlich Artikel von jemandem dieses Namens gesehen, immer sehr lesenswerte und interessante Artikel oder Abhandlungen. Aber was sollte dieser Mann hier auf einem Pferd zu suchen haben, trug er vielleicht auch einen Umhang, hatte er einen Degen an der Seite und einen Kalabreser auf dem Kopf?« »Stimmt genau«, sagte ich. »Unmöglich«, sagte Peerboom, »von Setten fährt ein modernes Auto, einen Saab, leg du dich mal lieber hin ... nein, warte mal«, er nahm seine Brieftasche und zog da den kleinen Plastikhund heraus, diesen zentimetergroßen Bobby, den ich jetzt auf meinem Schreibtisch stehen habe, so einen weißen Kurzhaarterrier. »Warum gibst du mir den?«, fragte ich. »Damit du deine Geschichte nie vergisst«, sagte er.

Wir überspringen jetzt geschwind die mit Wasser gefüllte Kristallkaraffe und das Wasserglas, den Datumszeiger und eine kleine elektrische Uhr zu meiner Linken und landen bei einem Fernsehgerät. Man sieht eigentlich nicht, dass es ein Fernseher ist, weil immer ein Tuch darüber hängt, das hübsch bestickt ist, früher habe ich damit meine Geige eingepackt, um sie warm zu halten, es steht immer ein großer Strauß Trockenblumen darauf und meist auch eine meiner Schreibmaschinen, die mit einer großen, schneeweißen Serviette bedeckt ist, damit kein Staub in die Innereien gelangen kann.

Das Augenmerk richtet sich vor allem auf ein Gemälde, das direkt über dem Fernseher hängt und alle Aufmerksamkeit für sich erheischt, denn die Flimmerkiste steht in einer dunklen Ecke meines Zimmers, sodass niemand, der mich hier besuchen kam, jemals gesagt hätte: »Ach, du hast hier einen Fernseher?« Ehrlich gesagt, mich widert Fernsehen an, das habe ich von Eva gelernt, vielleicht schaue ich im Jahr eine halbe Stunde auf das blaue Bild in der Röhre des Gerätes und dann noch zufällig bei Nachbarn, wenn die beispielsweise nicht so aufmerksam sind, für mich abzuschalten. Ein Leben ohne Fernseher und Auto schenkt dem Menschen jede Menge Ruhe. (»Ach, wenn die Leute doch mit einem Buch auf ihrem Zimmer bleiben würden, sähe die Welt besser aus.«) Ich habe das Gerät von meinen Eltern geerbt, und wir gehen jetzt zurück ins Jahr 1958, als ich noch auf dem Gymnasium war, mein verrückter Bruder Jaap arbeitete in der Käsegebäckfabrik Roka in Delft und kam immer mit Wut im Bauch nach Hause, weil er meinte, von seinen Käsebäckerkollegen ungerecht behandelt worden zu sein. Mein Vater schaffte noch auf der Werft, und meine Mutter war eine muntere, unbefangene Frau, die gerne sang und Klavier spielte. Eines Abends saßen wir alle zusammen und sahen fern. Auf dem Tisch vor uns stand eine Dose bei den Limonadengläsern, und in dieser gelben Dose – auf dem Deckel waren Kühe mit weißen und schwarzen Flecken zu sehen, die auf einer herrlich grünen und ländlichen Wiese in der Nähe eines Wassergrabens mit Dotterblumen grasten – waren die Käseknabbereien, die mein Bruder zu backen geholfen hatte, oben und an den Seiten stand in unverkennbaren Buchstaben: ROKA CHEESE CRISPIES, weil das Zeug für den Export bestimmt war. Es lief ein Film, *Manche mögen's heiß*, ich muss Ihnen hier natürlich nicht den ganzen Inhalt erzählen, weil den jeder kennt, zwei Männer in einer Travestierolle schließen sich aus purer Verzweiflung einer Damenband an, weil sie als Männer einfach keinen Job als Saxophonist und Bassist kriegen und Geld verdienen können. Sie reisten mit einem Luxuszug von New York in den Westen, und unterwegs, während sich die Dampflok ihren Weg durch Mittelamerika bahnte (kennen Sie übrigens Edward Hopper? Ein amerikanischer Maler, der ganz wunderbar Weichen und Bahnübergänge mit ergreifenden, vom Wind schief gewehten Pappeln und weißen Holzhäusern gemalt hat), machte es sich die Gesellschaft in der Nacht gemütlich, der Chef der Band ist schon in den Schlaf gewiegt, Tony Curtis, ein anderer männlicher Filmstar, Marilyn Monroe, fünf hübsche Mädchen krochen in ein großes Bett hinter die Vorhänge, und manchmal huschte ein Haus am Zugfenster vorbei, dessen Gardinen nicht zugezogen waren, ich musste sofort an eine Familie in Iowa denken, in der der Mann Bergarbeiter war und in einem Holzhaus seiner Frau gegenüber saß und Geld zählte, während die Kinder wild im Bett herumtollten, und der Kanonenofen glühte rot; ein hübsches Titelbild der Zeitschrift *Life* hing gerahmt über dem Kaminsims, darüber die traditionelle Uhr, die schon hundert Jahre in Familienbesitz war. In dem großen Bett des Zuges, das einen Meter fünfzig über dem Fußboden hing, war es gemütlich, man gelangte über eine Leiter dorthin, die beiden Männer schoben kichernd und prustend die jungen Mädchen die Leiter hinauf, dabei bekam man Strumpfbänder und manchmal einen weißen Streifen eines nackten Oberschenkels zu Gesicht, alles gleich aufreizend, schließlich saßen sie alle zusammen auf dem großen Bett von Marilyn mit rosafarbenen Satinlaken und flauschigen Decken, es war Marilyns Schlafplatz. Ich dachte: So etwas werde ich nie erleben, feste feiernd in intimer Atmosphäre in einem schaukelnd fahrenden Zug in Amerika, und in diesem Augenblick schleppte die Lokomotive ihre lange Last emsig durch Maisfelder und an einer verlassenen kolossalen und schwarzen Fabrik vorbei. Was dann geschah, war sehr schön und seltsam zugleich. Sie müssen nämlich wissen, dass ich immer unter Jaap gelitten habe, ihm passte es nicht, dass ich aufs Gymnasium gehen konnte, während er für sein Brot zu schuften hatte. Zerstreut schnappte ich mir hin und wieder einen Käsekeks und nippte an meiner Limonade, diese Kekse waren für mich etwas ganz Alltägliches geworden, mir kam überhaupt nicht in den Sinn, dass Jaap sie gebacken hatte, ich dachte nicht an die groben Witzeleien, die er während der Pausen in der Kantine der Roka-Fabrik in Delft einstecken musste, weil er verrückt und halb debil war, jähzornig, misstrauisch und eigentlich nur Fehler machte, manchmal schnaubte er sich fünf Minuten lang die Nase und scherte sich einen Dreck darum, dass alle Kekse am Ende des Fließbandes auf den schmutzigen Boden kullerten. Alle Frauen und die beiden Männer im Zug hingen und lagen dicht beieinander wie Kinder in einem dunklen Heuhaufen, ab und zu hörte man die Lokomotive heulen und schreien, und manchmal sah man im Mondlicht die Telegrafendrähte sehr tief auf sich zukommen, Marilyn machte mit einem kessen Gesicht ein paar Flaschen Wein auf, Gläser gab es genug, und sie öffnete auch eine Flasche Whisky und sagte dann: »Und jetzt diese Dutch Crispies.« »Dutch Crispies!«, riefen alle fröhlich und überrascht. Und was wurde aufgemacht? Eine Dose Roka-Käsegebäck, wie ich es gerade aß. Jaap hat es nicht einmal bemerkt, und das erstaunte mich. »Lecker Weiber«, murmelte er und leckte sich die Lippen, er hat nie eine Frau abgekriegt, und meine Mutter sagte tadelnd: »Jaap, benimm dich doch ein bisschen.«

Wir sind noch immer in meinem Zimmer, Kernstraat 9, erster Stock, versteckt hinter Bäumen in Leiden. Wenn ich mich umdrehe, sehe ich auf dem Bücherschrank eine ganze Reihe von leeren Flaschen, in einer war einmal echter mexikanischer Mezcal, den ich vor zwei Jahren von meinem Nachbarn geschenkt bekam. Mein Nachbar ist Geschäftsmann und hat nur wenig Zeit, um sich zu entspannen, er sitzt immer nur im Auto, im Zug oder im Flugzeug und führt überall auf der Welt Gespräche über die geschäftlichen Interessen der Niederlande im Ausland. Er hat schon mehrfach durchblicken lassen, dass er neidisch auf mich sei, weil ich mir immer einen guten Wein und Zigarren im Schatten meines Gartens gönne, vor allem im Sommer, als wäre ich ein Pastor in

Mittelfrankreich, der seine Gläubigen zu Hause empfängt und am Sonntag nur eine kleine Predigt halten muss. Ich war einmal bei meinem Nachbarn, und da schenkte er mir die Flasche Mezcal und erzählte dabei eine bemerkenswerte Geschichte: »Kurz bevor ich diese Flasche gekauft habe, saß ich auf dem Balkon meines Hotels, es war in einer sehr kleinen Stadt in Mexiko, auf der einen Seite gab es einen Fluss, und auf der anderen begann die Wüste. Ich habe dort sicher zwei Stunden gesessen, und es sind die besten und bemerkenswertesten Stunden meines Lebens gewesen.« »Wie das?«, fragte ich. »Ruhe«, sagte er, »es ist die Stille, auf die es ankommt, hier in den Niederlanden, in Bahrain in einem Konferenzraum, in New York oder in Paris ist es nie wirklich still, im Zug hört man, wie die Räder über die Schweißnähte der Schienen donnern, im Auto ist es laut, vielleicht stimmt es, dass in einem ›Rolls Royce the only noise you hear is your own heartbeat‹, aber in einem Flugzeug hat man das Gemurmel der Passagiere und das Brummen der Motoren im Hintergrund, die Entlüftung zischt einem ins Ohr, Bierdosen knallen, wenn sie aufgerissen werden, aber echte Stille erlebt man nie. Wir waren nach Mexiko-City geflogen und fuhren von dort aus vier Stunden in einem klapprigen Taxi ins Landesinnere. Der Chauffeur wusste ein sehr schönes Plätzchen für mich, wenn ich meine Ruhe haben wollte. Das Hotel hatte in der Tat eine ausgezeichnete Lage. In der Ferne sah ich ein paar klapperdürre Ziegen, ein paar Pferde, ich las ein gutes Buch – dafür habe ich eigentlich nie Zeit –, meine Frau und Kinder waren unterwegs, sie hatten einen großen Drachen gekauft und wollten ihn in der Pampa aufsteigen lassen, in der Ferne sah ich, wie sie damit zugange waren, die Geräusche von Matthijs, Jettie und meiner Frau, ihr Geschrei vor Aufregung und aus Enttäuschung machten die Stille nur noch deutlicher … Zwei Meter entfernt von meinem Balkon, einem verrotteten Holzbalkon, stand ein Telegrafenmast, und auf diesem Mast saß ein Bienenspecht, ein wirklich schöner Vogel mit metallisch hellblauen und -grünen Federn, das Tier hat einen sehr klaren Blick und strahlt vor Schönheit. Es blickte mich eine Weile einfach nur an, und ich ließ mein Buch sinken, der Ventilator war direkt auf mich gerichtet, und ich machte ihn aus, um noch mehr von der Stille zu haben, es kamen keine Flugzeuge angeflogen, und es gab auch kein Motoren- oder Autogeräusch, man hätte einen Traktor auf zehn Kilometer Entfernung gehört, aber selbst den gab es nicht. Ich sah die Pferde, die dürren Ziegen, meine Frau und meine Kinder, die mit dem Drachen beschäftigt waren, und ich hatte das Gefühl, Opium geschluckt zu haben, ich kann es dir nicht besser beschreiben, ich war vollkommen zufrieden mit meinem Dasein, die Mexikaner in der Nachbarschaft schliefen, ich sah, dass meine Kinder und meine Frau ihren Spaß hatten, es wehte zwar eine kleine Brise, aber der Drachen blieb nicht oben. Ich wollte gerade wieder nach meinem Buch greifen, es war *Allmayers Wahn* von Conrad, meinem Lieblingsautor, als ein Hirschkäfer angeflogen kam, das ist so ein Riesenkäfer, ganz anders als Maikäfer, viel größer, ganz

schwarz, und seine Flügel geben während des Fluges ein Gebrumm wie eine Basssaite von sich, die kräftig gestrichen wird ... der Bienenspecht schaute auf und rührte sich nicht, der Hirschkäfer kam direkt auf ihn zugeflogen, der Vogel musste nur noch nach ihm schnappen, vielleicht, dass er mit einem einzigen Flügelschlag auf dem Mast ein wenig zur Seite hüpfte, aber dann hatte er ihn gefangen und schaute mich triumphierend an, er bewegte den Käfer ein wenig im Schnabel hin und her und biss ganz vorsichtig darauf herum, die Flügel des Käfers schwirrten noch immer, wahrscheinlich wollte der Bienenspecht das Geräusch dieser Flügel abschalten, und eine Minute später hatte er die zarten Flügel zermahlen, aber die Beine des Käfers zappelten noch hilf- und ziellos herum, in einem solchen Moment sieht man das ganze Leben vor sich, man versteht, was Wohlstand und Hunger sind, man begreift, was Vergnügen und Grausamkeit sind, man erkennt Hölle und Himmel und glaubt, den Schlüssel zur Wirklichkeit mit Händen greifen zu können ... Ich bin Geschäftsmann, und ich sage dir, Freund Maarten, ich habe einen Augenblick lang Gott selbst gesehen! Der Vogel warf den Käfer in die Luft und fing ihn wieder auf, er biss weiter darauf herum, und man hörte klar und deutlich das Knacken des Panzers, dann fraß er den Käfer auf.« »Ich verstehe«, sagte ich, »natürlich war es die Stille, auf die es ankam?« Mein Nachbar hatte in seiner Geschichte das Wort »Stille« oft gebraucht. »Ja, es war die Stille«, sagte er errötend, weil ich so gut geraten hatte, »Stille gibt es doch nirgendwo mehr?« Ich überlegte, wie mein Freund auf seinem Taschenrechner ausgerechnet hatte, ob er sich den Urlaub leisten konnte, ich sah ihn auf seine Digitaluhr schauen, deren Batterie gerade leer war und die nun nur SAT 0.12 AM anzeigte, während es Montag vier Uhr nachmittags war. Kinder von der Schule abgeholt, zweimal im Stau gestanden, inzwischen hatte Truus, seine Frau, das Gepäck zusammengepackt, zu spät zu Hause, schnell schnell zum Flughafen, im Flugzeug Stimmengewirr, das nicht nachlässt, ein lärmender Film, in diesem Film knallt ein Aschenbecher mit dem Geräusch einer einschlagenden Kanonenkugel auf den Tisch, während er doch einfach nur normal hingestellt worden ist, das Zischen der Entlüftung, die schwatzenden Stewardessen, Musik aus dem Bordfunk, das Gedränge auf dem Flughafen von Mexiko-City, aufgeregt schreiende und gestikulierende Zollbeamte, das Gejammer der Chauffeure, die versuchen, eine lukrative Tour über eine lange Strecke zu ergattern, Frauen in bunten Ponchos, die mit nasaler Stimme betteln und einem am Ärmel ziehen, weil sie dir eine Statue oder einen Teppich für einen viel zu hohen Preis andrehen wollen, die Nationalhymne, die plötzlich aus allen Lautsprechern ertönt, das Dröhnen von Taxis und Flugzeugen, der Ärger über die Uhr, die nicht geht, hier haben sie nur Schweizer Batterien, während es für diese Uhr eine etwas größere japanische sein muss und dann ...! Wie stellt man die Uhr? Die Taxifahrt mit einem Chauffeur, der sich weigert, das Radio auszuschalten. »Traditional music, Sir, not switch off ...« Und dann endlich das Hotel in der Stille zwischen einem Fluss und der Pampa, mitten in Mexiko, ein kleines Dorf mit Lehmhütten und einem Dach aus Holz, alle Bewohner schlafen mittags ... Ich konnte das alles sehr gut nachvollziehen, und war doch erstaunt ..., warum bloß betreibt man so viel Aufwand, um echte Ruhe zu finden? Wenn ich dem Wahnsinn mal entfliehen will, gehe ich ins Kloster in Bemelen, bete dort einen halben Tag in der Kirche, die zur Hälfte in der Erde des Hügels begraben ist, ich betrachte das Kreuz, sehe den Leidensweg auf zwölf Bildern, es riecht nach Weihrauch, ich schaue auf den Altar, ab und zu knistert eine Kerze weit oben, sie kommen, um mich zum Essen ins Refektorium abzuholen. »Noch nicht fertig gebetet, Herr Biesheuvel?«, fragt Bruder Anastasius, »ich hatte nicht den Eindruck, dass Sie so fromm sind.« »Es ist auch keine Frömmigkeit«, sage ich dann, »es ist die Stille.« »Spaßvogel«, sagt der Bruder dann, »ich kenne Sie, immer ein Witzchen auf Lager«, aber es ist mein blutiger Ernst. Ich würde gerne im Kloster in Bemelen leben, vielleicht sogar lieber als hier in Leiden, wo man auch abends immer das Rauschen des Verkehrs im Hintergrund hört. Mein Nachbar sah mich mit großen Augen an. »Ich muss gestehen, dass es diese Ruhe und Stille war, die mich an dich erinnert hat«, sagte er, »man kann den ganzen Tag, ohne etwas zu tun, im Garten sitzen, und deshalb habe ich an jenem Abend in der Kneipe die Flasche Mezcal für dich gekauft. Unten auf dem Boden liegt eine weiße Larve im Schnaps, sie wird ›Juanito‹ genannt, und diese Larve bedeutet, dass der Mezcal echt ist. Wenn du übrigens mal Zeit hast, solltest du unbedingt mal *Unter dem Vulkan* von Malcolm Lowry lesen. Es ist ein großartiges Buch, und der Held trinkt jede Menge von diesem Zeug.« Ich habe die Flasche mit Eva und Freunden ausgetrunken und muss sagen, dass Mezcal schmeckt, als wenn einem die Engel auf die Zunge pissen würden. Nun hatte ich aber mal einen Vegetarier zu Besuch, Jan van Santen, einen Bibliothekar aus Den Haag. Ich liege mir mit ihm dauernd in den Haaren, weil ich mit seinen Vorstellungen nicht einverstanden bin. Zum Beispiel mag er Nabokov nicht (dessen Namen er konsequent so ausspricht, als würde er mit Doppel-K geschrieben), weil der sich so gegen den Kommunismus auflehnt. Er ist einer der Leute, dieser Jan van Santen, die behaupten: »In Russland sieht es zwar tatsächlich nicht rosig aus, aber schauen Sie mal, was der Kommunismus in China erreicht hat!« Wenn ich das höre, könnte ich, obwohl ich ein sehr entgegenkommender und freundlicher Mensch bin, denjenigen gleich durch die Tür treten. Ich bot ihm ein Gläschen Mezcal an und sagte, dass Nabokov mein Lieblingsschriftsteller und der Stalinismus eine verschärfte Form des Faschismus sei. So viele Menschen in den Lagern, so viel Regierungsterror, so viel Zensur! Van Santen begann sich zu verteidigen. Unter den Zaren sei es viel schlimmer gewesen, meinte er, und ich widersprach ihm: Jemand, der den Zaren in einem Gedicht beleidigt hatte, mochte ein paar Jahre lang in Ungnade fallen, wurde aber nicht bestraft, vielleicht musste der Dichter für ein Jahr nach Berlin oder Paris, aber irgendwann saßen Zar und Dichter wieder gemeinsam bei Tisch und aßen Stör. Würde nun ein Dichter in einem Gedicht Andropow (Russlands Präsident anno 1983) beleidigen, so säße der binnen einer Woche im Irrenhaus oder im Lager. Wissen Sie eigentlich, dass von allen lesbaren Schriftstellern und Dichtern Russlands zur Stalinzeit nur sehr wenige eines natürlichen Todes gestorben sind? Von fast jedem guten Schriftsteller oder Dichter kann ein Russe über diese Zeit sagen: »pagieb v lagerje« (»im Lager umgekommen«). Jetzt ist es ein bisschen besser. Ich war wütend über meinen Freund, ließ es mir aber nicht allzu sehr anmerken. Ich bot ihm noch ein Gläschen an und zeigte ihm den Juanito, die Larve, friedlich am Boden der Flasche eingeschlafen, eine nur einen Zentimeter große Larve von schöner weißer Farbe, sehr gut konserviert, man möchte sie am liebsten aufessen als Zeichen, dass der Inhalt der Flasche so gut war, worauf er sagte: »Arschloch, ich bin doch Vegetarier, hättest du mir das mal früher gesagt, jetzt habe ich den Tod einer Larve mit auf dem Gewissen.« Ich platzte fast vor Lachen, aber innerlich kochte ich. »Ich muss noch etwas nachschlagen«, log ich und stieg hinauf in mein Zimmer. Leise fluchend und schwer durch die Nase schnaubend saß ich da am Schreibtisch, tat nichts, hörte aber Eva und van Santen unter mir aufgeregt schwatzen. (Es ist draußen windstill, und es ist Herbst, der Wind muss nur wehen, und die Blätter wirbeln herab, um, wenn sie den Boden erreicht haben, ihre Schatten zu küssen. Es ist nun der 5. September 1983, Viertel vor zwölf in Leiden. Heute habe ich eine halbe Stunde auf der Burcht verbracht, einer Festung mitten im Zentrum von Leiden, und ich war wieder unglaublich begeistert von der Aussicht, als ich in Richtung der Hooglandse Kerk blickte, es sah aus wie eine Stadt aus der Zeit von Vermeer oder Ruisdael). Nun springt mir der nächste Gegenstand ins Auge, ein Graf-Bluco-Löschroller aus dem Jahr 1930. Er steht auf meinem Schreibtisch am Fuße des Brautstraußes an die Wand gelehnt, und ich habe seine Bekanntschaft bei der Stiftung für schwer zugängliche wissenschaftliche Literatur in Delft gemacht, wo ich meine erste Stelle hatte. Da saß ich den ganzen Tag am Telex und erhielt beispielsweise aus Hannover, Brüssel oder Paris folgende Frage: »Ist Ihnen eine Übersetzung des Artikels über Hochdruck in Dampfkesseln von Boboluden, Dr. Sochi, veröffentlicht in Seichika Tjia Tik Hing, Band 84, Jahrgang 1947, Nummer sechs, Seite 1439 bekannt, er ist, soweit wir recherchieren konnten, nur auf Japanisch verfügbar, antworten Sie bitte bis morgen, bye bye und Grüße von Madeleine Dutour, Sekretärin von Dr. Panichelle vom Labor für Physik in Deutschland.« Zu meiner Überraschung wusste ich oft genug eine Frage zu beantworten, aber auf die Dauer begann die Arbeit mich anzuöden. Lustig war jedoch, dass es sich auf diesem Telex ganz normal tippen ließ, man konnte ganze Geschichten darauf schreiben. Irgendwann fing ich damit an, und so habe ich meine Erzählung *In de bovenkooi* (*Im Ausguck*) fast komplett auf dem Telex verfasst. Irgendwann, als ich gerade schrieb: »Allein in der Nacht, wie lange bin ich schon wach? Warum schlafe ich nicht? Es sind die Seelen der

Toten, die mich nachts im Auge behalten«, fiel mir auf, dass ich vergessen hatte, die Sendefunktion des Geräts abzuschalten, denn nach dem Wort »nachts« stand auf dem Papier plötzlich direkt vor meiner Nase quer durch meine eigene Geschichte hindurch: »Hallo, are you Banque Diamantaire, Antverp, Belgium?« »No«, tippte ich zurück, »you are writing to Maarten Biesheuvel, European Translations Center, Delft The Netherlands, who are you?« »I am Sonja Baskerville, Aberdeen, sorry«, war die Antwort, ich schaltete das Gerät ab und machte weiter mit meiner Geschichte. Der Direktor des Instituts kriegte heraus, dass ich fast den ganzen Tag Geschichten am Telex schrieb statt wissenschaftliche Fragen zu beantworten, und ich wurde gefeuert. Einen Monat später arbeitete ich in der Bibliothek des Friedenspalastes, aber den Löschroller, den ich in Delft immer benutzte, wenn ich einen Brief an einen Professor in Chicago oder Peking geschrieben hatte (ich tat solche Dinge, weil mir klar war, dass nur die Sonne umsonst aufgeht), habe ich mitgehen lassen und ihn auf meinen Schreibtisch im Lesesaal des hinreißenden Gebäudes voller Bücher gestellt. Am ersten Tag, an dem ich als Leiter des Lesesaals der Bibliothek des Friedenspalastes Dienst tat, hatte ich so viel zu tun und zu lernen, dass mir der Schweiß ausbrach. Ich wollte zur gleichen Zeit den Besuchern helfen, ans Telefon gehen und ins Magazin und wieder zurück rennen. Ich dachte, dass ich das alles hinkriegen würde, hatte aber von dem ganzen Betrieb kaum eine Ahnung. Womit ich mir den meisten Stress machte, war ein mindestens einen halben Meter hoher Poststapel, alle diese lästigen kleinen Umschläge mit Briefen voller Fragen, die ich nur mit größter Mühe zu beantworten wusste; ich hatte schon ein paar Umschläge geöffnet und mir gedacht: Solche Fragen zu beantworten werde ich nicht mal in einem Monat schaffen, wie soll das überhaupt gehen? Irgendwann war ich mit den Nerven am Ende, ich packte den ganzen Stapel und zerriss die Briefe, einen nach dem anderen, und warf die Fetzen in einen großen Papierkorb unter dem Schreibtisch direkt unter dem Tintenroller. Zwei Stunden später kam van Hall, der Direktor der Bibliothek. »Sie arbeiten gut, Biesheuvel«, sagte er, »mit der Post haben Sie sicher noch nicht angefangen, oder?« »Die ganze Post ist beantwortet«, sagte ich mit Nachdruck. »Ist nicht wahr«, entgegnete er, »wo sind denn dann die Sendungen mit den Antworten?« »Liegt alles schon auf der Post«, log ich, es gibt nämlich ein Postamt im Palast, das komplett aus Marmor besteht und von Argentinien gestiftet wurde. Van Hall machte sich misstrauisch auf den Weg und war fünf Minuten später wieder da. »Sie haben nichts weggeschickt«, sagte er, »wo ist die Post?« Ich wagte nicht, etwas zu sagen, als er schon zu suchen begann, er schnüffelte auf und in meinem großen Schreibtisch herum, sein Kopf verschwand im Papierkorb, und dann tauchte er triumphierend mit all den Fetzen der Briefe aus Groningen, Hamburg, Antwerpen, New York, Berkeley, Briefen von Anwälten, Völkerrechtsexperten und Rechtsinstitutionen aus der ganzen Welt, wieder auf. Van Hall fluchte nicht, er gab mir nicht mal was hinter die Ohren, sondern begann in seinem eigenen Büro in aller Ruhe die unzähligen Teile zusammenzukleben, nachdem er die passenden Stücke sorgfältig zusammengepuzzelt hatte. Zwei Stunden später kam er wieder zu mir und sagte freundlich: »So, Herr Biesheuvel, jetzt werden wir Sie mal einarbeiten, ich will Ihnen ein halbes Jahr bei der Arbeit helfen, und mit der Zeit sind Sie dann sicher in der Lage, die Post selbständig zu beantworten … Sehr lustig! Ihr Vorgänger, Johan Verstraten, hat am ersten Tag auch die ganze Post zerrissen und in den Müll geschmissen, jetzt erinnere ich mich wieder, das scheint eine normale Reaktion zu sein.« Ich habe jahrelang mit wachsendem Vergnügen im Palast gearbeitet, und je länger ich dort war, desto vertrauter wurde ich mit den drei Katalogen und beim Auffinden eines Buches im großen Magazin. Ich schätze, dass sie in der Bibliothek des Friedenspalastes jetzt ungefähr drei Millionen Bücher zum internationalen Recht und insbesondere zum internationalen Privatrecht besitzen müssen. Ich war glücklich und stolz, dass ich als Junge von der Straße in so einem vornehmen Umfeld arbeiten durfte. Ich bin von einfacher Herkunft und habe in meiner Jugend nicht in der Burgemeester Knappertlaan in Schiedam gewohnt, was ein anständiges Viertel war, wo Direktoren, Anwälte, Ratsherren, Professoren und Pieter van Vollenhoven, der Ehemann von Prinzessin Margriet und angeheiratetes Mitglied des Königshauses, wohnten. Mein Vater und meine Mutter lebten in Witte Huizen in einem Arbeiterhaus, das einen Steinwurf von der Wilton-Fijenoord-Werft entfernt liegt. Nur eins hat mich als Bibliothekar im Palast unendlich genervt, und das war das Einstellen neuer Katalogkarten in die langen Eisenkästen, in denen bereits Millionen Karten schlummerten. Das war etwas, das mich jeden Tag rund zwei Stunden kostete, und ich musste es ganz alleine machen. Jeden Tag vierhundert neue Kärtchen, und mit jedem hatte ich mindestens zwei Minuten zu tun, bevor ich sicher sein konnte, dass es am rechten Platz steckte. Ich bin mit dem Kram nie rechtzeitig fertig geworden. Es war einfach eine Arbeit für Idioten, und wenn van Hall vorbeikam, während ich die Karten einsortierte, sagte ich: »Ich glaube, Mijnheer, Wasser ins Meer zu schütten ist eine nützlichere Aufgabe, als diese Karten einzuordnen. Er setzte dann immer ein feines Lächeln auf und sagte nur: »Meinen Sie, Herr Biesheuvel?« An diesem Nachmittag betrat er den Raum in Begleitung eines Graukopfs, den ich noch nie zuvor gesehen hatte. »Herr Diepstra wird sich heute Nachmittag für Sie um den Lesesaal kümmern«, sagte van Hall, »er kennt sich aus, und er kann es vielleicht besser als Sie, in der Zwischenzeit machen wir einen kleinen Ausflug mit der Straßenbahn.« Nur selten hat mich etwas mehr überrascht. Wir zogen unsere Mäntel an, der Wind blies kräftig, es war kalt, und wir gingen zur Straßenbahn, die gegenüber dem Palast hält. Wir fuhren an den Strand von Scheveningen, und in der Nähe des Kurhauses kaufte van Hall in einem Souvenirladen eine Schaufel und ein Plastikeimerchen. Wir betraten den großen Saal des Kurhauses, und mein Chef fing an, Jenever zu trinken. Und sagte zum Kellner: »Machen Sie das Eimerchen für diesen Herrn mal mit Leitungswasser voll.« Der Kellner war erstaunt, brachte mir aber tatsächlich den Eimer voll Wasser. »Und den bringen Sie jetzt zum Meer und schütten ihn da aus!«, lächelte van Hall. Er trank ein Glas Jenever nach dem anderen und Sprudelwasser, und ich schleppte drei Stunden lang bei Kälte, Regen und Wind Wasser zum Meer, während er schön im Warmen saß und sich volllaufen ließ. Schließlich fragte er sehr aufgeräumt, aber ganz sicher nicht mit sich überschlagender Stimme: »Und was machen Sie denn nun lieber, Herr Biesheuvel, Karten einsortieren oder Wasser ins Meer schütten?« Ich sagte ihm, dass ich die Arbeit im Palast vorzöge. Er war ein sehr lustiger, freundlicher und exzentrischer Mann. Wir fuhren mit der Straßenbahn zurück, und als ich wieder am Schreibtisch saß, noch nass von der tosenden Brandung und dem kräftigen Regen, mein Gesicht starr und schmerzend vom starken Wind, fiel mein Blick auf meinen Graf-Bluco-Tintenroller, der Graukopf war weg, ich schaute auf meine Uhr und sah, dass der Arbeitstag schon eine halbe Stunde vorbei war. Auch jetzt sehe ich diesen Tintenroller und nehme ihn in die Hand.

Sic omnis res habet suam historiam! Nun, da ich meine Pfeife wieder entzünde, habe ich diese Schachtel mit British Matches wieder vor Augen, von der ich vorhin gesprochen habe, und mir kommt ein weiterer Ausspruch von Jerzy Lec in den Sinn: »Man bedenke, dass in demselben Feuer, das Prometheus den Göttern gestohlen hatte, Giordano Bruno verbrannt wurde.« Ich weiß nicht, was für ein Mensch Bruno gewesen ist, aber ich vermute, dass er ein Gefährte von Jan Hus war. Und damit ist die *Reise durch mein Zimmer,* drei mal vier Meter groß, beendet.

Der Dienst

Autos fahren vor, die Türen werden geöffnet, Männer steigen aus. Sie beraten sich. Es ist der Dienst. Die Sitzung ist geschlossen. Aber ich will Ihnen trotzdem verraten, zu welcher Entscheidung man gekommen ist: Der Gipfel des Matterhorns soll um einen Meter versetzt werden. Zuerst kommt der Schnee von der Spitze in Eis- und Schneebehältern nach unten. Ja, auch das Eis muss bewahrt werden. Panzer, Bulldozer, Sessellifte, Eis- und Schneebehälter müssen hinaufgeschafft werden. Ein Panzer stürzt ab und wird zerschmettert. Beerdigung. »Es waren beherzte, tapfere Männer, mögen sie in Frieden ruhen.« Dann endlich stehen drei Männer auf dem Gipfel und beginnen, mit Hacken und Drillbohrern ein ganz kleines Stückchen aus der Spitze herauszuhauen, nach zwei Tagen stürzt ein Mann ab: »Möge er in Gottes ewiger Glückseligkeit ruhen.« Endlich ist ein Kilo Fels losgebrochen, und die Männer oben wuchten das Stück hoch. Neue Brigaden treffen mit Sesselliften ein, ein Ingenieur nimmt vor Ort die letzten Berechnungen für die Eisbehälter vor. Die Männer mit den Spitzhacken fragen sich: »Was ist eigentlich der Sinn des Ganzen?« »Der Gipfel des Matterhorns muss einen Meter versetzt werden.« Zuerst kommen Spitzhacken zum Einsatz. Ein letztes Gerüst wird errichtet. Dann werden die Eisbehälter in einer Ecke des Gerüsts angebracht. Alles muss erhalten werden, selbst wenn die Spitze nur einen Meter versetzt wird. Der Bürgermeister verspricht Ehrenkränze. Das Gerüst sackt weg, der Sessellift geht kaputt, Bulldozer und Panzer, Pickel und Drillbohrer schaffen es nicht in diese ungeheure Höhe. Ein Mann haut sich mit dem Vorschlaghammer auf den Daumen und muss ins Krankenhaus. Fotografen aus aller Welt treffen ein, auch Reporter. Neue Ingenieure kommen nach oben. Einer von ihnen hat kranke Kinder, seine Frau ist weggelaufen, aber er muss arbeiten. Ja, endlich ist ein Kilo Fels locker. »Es ist ein höchst weiser Ratsbeschluss.« »Ja«, sagt der Mann, der den höchsten Teil des Felsens in der Hand hält (ein Eisbehälter aus Beton zerbricht unterwegs und zerquetscht drei Männer). Einer der Männer ruft: »Aber wozu soll das alles gut sein?«, und wie viele Kilo sollen es dann zum Anfang werden? Neue Horden von Männern rücken mit Sensen (ein Versehen des Dienstes) und Spitzhacken an. »Zwanzig Millionen Tonnen müssen zunächst mit den Hacken gelockert werden.« »Aber das ist doch reiner Irrsinn«, ruft einer der Männer. »Ja«, sagt einer von den anderen Männern, »es gibt nun einmal den Dienst, und Gott gibt's auch.« Angenommen, man hätte einen Dienst, der nie einen Plan machen würde. Gott behüte! So sehe ich das Leben.

Brief an Vater

Die Schildkröt' lugt aus ihrem Panzerhaus,
sie möcht' gern pfeifen, bringt aber keinen Ton heraus.
(Nach einer alten Romanze)

Father, otjez, pappa, pater, padre, Vater, père, vader. Vater, Sie sind schon so lange tot, aber trotzdem scheint es mir nicht sinnlos zu sein, das Wort an Sie zu richten. Eigentlich denke ich die ganze Woche an Sie, wo ich auch gehe, stehe und sitze. Ich habe mich wahrscheinlich nie sonderlich viel um Sie gekümmert, und auch Sie haben mich eher so ein bisschen meinen Gang gehen lassen. Erst gegen Ende Ihres Lebens sind wir uns etwas näher gekommen. Ich fürchte, dass ich Ihnen ziemlich ähnlich bin: Ich bin schüchtern, scheu, ängstlich, nervös, dürr, mir erschien immer alles sinnlos, ein Anflug von Wahnsinn schwebt beständig über mir, ich bin ein Versager, ich fühle mich schuldig, ich bin kein Teil der Gesellschaft, ich bin wankelmütig, ich schaffe es kaum aus dem Bett, ich entziehe mich meinen Pflichten, ich liege mit Gott über Kreuz, ich bin unentschlossen, und Sie, Sie haben immer nur gesagt: »Du wirst noch mal Professor, Maarten.« Vater, wäre es nicht möglich, dass Sie mal kurz aus Ihrem Grab steigen und zu mir hier ins Zimmer kommen? Sie würden verloren in einer Ecke herumstehen und hin und wieder, wie immer, murmeln: »Ist das amüsant.« Sehen Sie, Vater, das ist Ihr Schreibtisch, an dem arbeite ich. Aber ich frage mich doch schon: »Hatten Sie eine bestimmte Absicht, mich in die Welt zu setzen?« Über Mutter will ich jetzt mal nichts sagen.

Wissen Sie, was das ist, Pa? Ich lebe in einer kleinen Holzvilla. Ich habe einen großen Garten. Eva ist immer noch bei mir. Wir haben zwölf Katzen und einen Hund und eine Ziege. Ich habe ein Zimmer für mich allein, das Bett, das Sie mir gebaut haben, als ich sechzehn war, ist auch noch da, selbst Ihren Bücherschrank besitze ich noch. Vater, Sie haben immer gesagt: »Du darfst nicht so viel lesen, Junge.« Ich habe Ihren Rat nicht beherzigt. Ich habe unglaublich viel gelesen, und es hat mir selten gutgetan. Bis zu meinem sechsundzwanzigsten Lebensjahr war ich ein glücklicher Mensch, und dann bin ich im Irrenhaus gelandet. Vater, ich bin jetzt schon achtundzwanzig Jahre lang krank, ich gehöre nicht in diese Gesellschaft, und ich gehöre nicht in mein Arbeitszimmer, das heißt, ich fühle mich nirgendwo zu Hause. Ich kann nicht reisen. In letzter Zeit kann ich auch nicht mehr lesen, es gab ungefähr hundert Bücher, die ich regelmäßig las, einige Bücher habe ich sicher dreißigmal gelesen. Jetzt höre ich Sie sagen: »Mach doch einfach weiter, Junge.« Musik bedeutet mir auch nicht mehr so viel. Vor Gemälden habe ich Angst. Ich ermahne mich dann stets, dass ich schreiben will oder muss. Vielleicht ist das der Auftrag meines Lebens. Ich habe so viel Angst, Vater, ich verstehe nicht, was die Menschen tun. Wie füllen sie ihr Leben aus? Kann man eigentlich überhaupt ein Leben ausfüllen? Ich glaube, dass alles Zufall ist, mancher lebt sein Leben in vollen Zügen, ohne ein einziges Mal zu grübeln, und ich grüble fortwährend. Jetzt habe ich eine Lesebrille, ich bin schon über die Fünfzig hinaus, mehr als zwei

Drittel meines Lebens sind vorüber. Vater, als Kind war ich willensstark, ich wusste, was ich zu tun hatte, und ich war nicht ängstlich, ich war auf eine bestimmte Weise selbstständig. Jetzt bin ich nur noch ein Anhängsel von Eva. Da taucht Ihr Schatten auf, und der sagt: »Sind denn alle meine Kinder trübsinnig und geistesgestört?« Es deutet viel darauf hin. Nimm irgendeinen Mann, er steht früh auf, zieht sich an, rasiert sich, frühstückt und fährt mit dem Auto zur Arbeit. Was macht er da auf der Arbeit, Vater? Abends schaut er fern. Was ist im Fernsehen zu sehen? Ist das Leben denn nicht ein bisschen lächerlich, überflüssig und sinnlos? Es wäre für mich sehr schön, wenn ich die Wirklichkeit wieder einmal so sehen könnte, wie ich sie als Kind wahrgenommen habe. Ich war oft froh und munter, zurzeit bin ich leicht verzweifelt. Pa, ich fühle mich schuldig, weil ich keinen Spaß habe. Vater, Ihr Sohn geht zugrunde, und ich werde nie wieder aufstehen. Wie alt wären Sie jetzt eigentlich geworden? Ich weiß es nicht mehr genau. Ich weiß, dass Sie noch im neunzehnten Jahrhundert geboren wurden. Jetzt wird mir klar, dass ich diesem Brief einen anderen Dreh geben muss. Ich wüsste gern, ob ich Ihnen eigentlich ähnlich bin. Ich kann grausam sein, genau wie Sie, aber ich habe noch nie eine Fliege totgeschlagen, ich kann still sein, zurückgezogen, unentschlossen. Wissen Sie, was das ist, Pa? Ich fange irgendwas an und weiß schon bald nicht mehr, wie es damit weitergehen soll. Ich habe nie etwas fertig gekriegt, nie eine Aufgabe bewältigt, ich mache weiter mit meinem Müßiggang, meiner Ratlosigkeit. Ich bin in Ihrem Bauch entstanden, und Sie werden irgendwann gedacht haben: »Ich werde dann mal die Augen zumachen, ich werde dann mal sterben, sollen die Kinder nur zusehen.« Sind Sie vor oder nach Mutter gestorben? Habe ich eigentlich überhaupt jemals Eltern gehabt? Eva erklärt mir viel und ist sehr fürsorglich. Ich glaube, dass ich allein auf die Welt gekommen bin, allein und einsam. Die Wirklichkeit kann mich nur noch irrsinnig machen. Dann verkrieche ich mich unter den Decken, aber so oft man das auch tut, einmal muss man doch wieder hervorkommen, und dann ist das Leben noch schlimmer. Trost finde ich eigentlich nirgends mehr. Es muss für Eva eine Tortur sein, mit so einem einsamen Mann durchs Leben zu gehen. Sie hat einen einsamen, debilen Sohn, und das bin ich. Ach Vater, ich schaffe es nicht, also steigen Sie aus Ihrem Grab und helfen Sie Ihrem Sohn. Es bestehen nun einmal Pflichten und Rechte; es muss einfach herrlich sein, tot durchs Leben zu gehen, Sie liegen da unter der Erde und kennen keine Alltagsprobleme mehr, Sie schlafen und scheren sich um rein gar nichts mehr, Sie träumen nur noch, der Tod ist ein großes Recht, Vater, aber es gibt auch Pflichten: Helfen Sie Ihrem Sohn durchs Leben! Stehen Sie ihm bei! Ich muss Sie achten, Vater, und jetzt habe ich gewissermaßen behauptet, dass Sie ein Faulpelz sind. Sterben können wir allesamt, aber warum vollenden Sie nicht, was Sie begonnen haben? Machen Sie endlich den Mund auf und erklären Sie mir, wie ich meinem Leben Sinn geben könnte. Tja, Sie antworten nicht. *Ihr Maarten*

Nachwort

Nicht vielen Künstlern wird die Ehre zuteil, dass zu ihren Lebzeiten ein Preis in ihrer Disziplin nach ihnen benannt wird. Bekannt ist das Beispiel von Jean Sibelius, der ihm gewidmete Preis wurde 1953 gestiftet und stehenden Fußes dem Namenspatron gleich selbst überreicht. Das hat man in den Niederlanden ein wenig anders gemacht: Der erste nach dem unbestrittenen Meister der Kurzgeschichte benannte Biesheuvel-Preis wurde 2015 an den inzwischen auch hierzulande bekannten Rob van Essen verliehen. Und im Jahr von Biesheuvels Tod gab es – aus Mangel an Qualität, wie die Jury verlauten ließ – keine Auszeichnung.

Es mag an dem bei Verlagen und dem Buchhandel ungeliebten Genre der Kurzgeschichte liegen, dass der in Schiedam geborene J.M.A. (Maarten) Biesheuvel (1939 – 2020), in den Niederlanden schon zu Lebzeiten generationenübergreifender Kultautor und Klassiker, in Deutschland so sträflich vernachlässigt wurde: 1986 ist ein schmales Taschenbuch mit einer Auswahl an Geschichten sozusagen unter Ausschluss der Öffentlichkeit erschienen – danach gab es nichts mehr.

Nun endlich soll dieser Autor mit einer kleinen Auswahl aus seinem umfangreichen Werk endlich auch in Deutschland zugänglich gemacht werden. Es dürfte in den Niederlanden keinen Haushalt geben, in dem nicht ein Biesheuvel-Band mit der Geschichte *Moped auf hoher See*, die unseren Band einleitet, steht. Diese Geschichte aus seinem Debütband – das Paradebeispiel surrealistischer Erzählkunst in den Niederlanden – enthält exemplarisch alles, was das Werk Biesheuvels kennzeichnet und ihn zum langjährigen Bestsellerautor gemacht hat: die Verlorenheit des Menschen in einer immer wieder aufs Neue wahnsinnigen Welt, sein unendlicher Drang hinaus »ins Offene«, Biesheuvels Liebe zur Unendlichkeit des Meeres und seine Fähigkeit, das alles mit einer feinen Prise Wehmut und Ironie gewürzt zu präsentieren. Alle diese Elemente finden sich in seiner berühmten *Reise durch mein Zimmer* wieder, die man auch als ein offenherziges Selbstporträt (und eine verkappte Autobiografie) lesen kann. Er schreibt nicht allein offen über seine Depressionsschübe, die hin und wieder stationäre Krankenhausaufenthalte erforderten, sondern über seine (nicht allein literarischen) Vorlieben, sein Verhältnis zur Umwelt und die Liebe zu seiner Frau und Muse Eva, die zwei Jahre vor ihm gestorben ist.

Gewissermaßen ein nationales Ereignis war es, als Biesheuvel 2013 im Fernsehen seinen Brief an Vater vorlas und vor laufender Kamera in Tränen ausbrach. Im Laufe der Jahre wurden seine Geschichten immer kompakter und kürzer, etwa *Der Dienst* zeugt davon.

Gleich mit seinem ersten Buch *In de bovenkooi* (*Im Ausguck*), in dem auch *Moped auf hoher See* enthalten ist, gelang ihm 1972 der literarische Durchbruch. Rezensenten und Publikum war sofort klar, dass man es bei diesem damals 33-jährigen Erzähler mit einem einzigartigen Talent zu tun hatte. Biesheuvel legte Geschichten vor, wie sie die niederländische Literatur bislang nicht kannte: ironisch, manchmal herumalbernd, parodierend und doch zugleich authentisch und klar. Der Dichterkollege Gerrit Komrij nannte ihn einen Meister des absurden Zynismus und der surrealen Logik. Sein Werk ist inspiriert von russischen Schriftstellern des 19. Jahrhunderts und Herman Melville – und das Ganze ist mit einem Schuss Nabokov versetzt.

Biesheuvel, ursprünglich Jurist (der in seiner Jugend auch immer mal wieder auf einem Schiff anheuerte; »die Hoffnung, ausgerechnet auf einem Schiff die echte Romantik zu finden, hatte ihn nie verlassen«, heißt es nicht ohne Grund in *Moped auf hoher See*), schreibt einen manchmal trockenen, manchmal leicht surrealistischen, oft archaischen Stil, und er beschwört die wunderbare Welt von Erfahrungen herauf, die ebenso humorvoll wie erschreckend sein können. Der niederländischen Literatur bescherte er damit eine völlig neue Form der Bekenntnisliteratur, in der Krankheit und Geisteskrankheit gleichrangig neben Fiktion und Fantasie stehen. Immer sind die Ängste des Erzählers präsent, und statt die Welt nur zu beschreiben, erschafft er eine neue Version von ihr, die voller Unwahrscheinlichkeiten ist, die aber ganz selbstverständlich daherkommen. Sein Universum ist dunkel und teuflisch, aber eben auch fantastisch und farbenfroh.

Seinem eigenen Werk stand er selbst immer äußerst kritisch gegenüber. Deshalb machte es sich seine Frau Eva zur Gewohnheit, den Papierkorb zu durchwühlen und nach Geschichten zu suchen, die ihr Mann für unzureichend hielt und weggeworfen hatte, sie dürfte auf diese Weise eine Menge bewahrt haben.

1985 wurde Biesheuvel der Ferdinand-Bordewijk-Preis verliehen. 2007, einen Tag nach seinem 68. Geburtstag, nahm er für sein Gesamtwerk den renommierten P.C.-Hooft-Preis entgegen. Ein Jahr später wurde er mit der höchsten zivilen Auszeichnung des Landes bedacht, dem Orden vom Niederländischen Löwen; das Rittergroßkreuz vom Orden Oranje-Nassau war ihm schon früher verliehen worden.

Ab den 1990er Jahren publizierte er weniger. »Ich habe 3 200 Seiten Geschichten veröffentlicht, das sollte doch genug sein«, sagte er dazu in einem Interview Anfang der 2000er Jahre, als sein niederländischer Verlag eine dreibändige Ausgabe der »Gesammelten Werke« vorbereitete. Aufenthalte in psychiatrischen Kliniken häuften sich. Aus seinen Depressionen und Angstattacken hat er nie ein Geheimnis gemacht und immer freimütig darüber geschrieben. Für seine manisch-depressive Erkrankung bevorzugte er die Diagnose »romantisch«. Und so ist seine Selbsteinschätzung angesichts seiner schweren Erkrankung kein Widerspruch: »Der glücklichste Mensch, dem ich jemals begegnet bin, bin ich selbst«, lesen wir in der *Reise durch mein Zimmer.*

Mit dem Maler, Zeichner, Dichter und langjährigen Herausgeber der Literaturzeitschrift *die horen* Peter K. Kirchhof als Illustrator dieses Bandes hat der Verlag einen Glücksgriff getan. Mit dem Bleistift spinnt Kirchhof Biesheuvels wundersame Erzählungen auf virtuose Art weiter. Leider hat sie der Autor, der kurz vor seinem Tod noch über die bevorstehende deutsche Edition informiert wurde, nicht mehr sehen können, er ist nur wenige Wochen vor ihrer Fertigstellung nach kurzer Krankheit in seinem berühmten Sunny Home in Leiden gestorben. Er hätte seine helle Freude daran gehabt.

Ulrich Faure, Amsterdam 2020

Herstellung Atelier Eilenberger
Schrift Warnock Pro
Papier Fly
Printed in Germany

Dieses und andere schöne Bücher
finden Sie auch im Internet unter
www@verlagfaberundfaber.de

ISBN 978-3-86730-198-5